アオハル デビル 3

著―池田明季哉
絵―ゆーFOU

「わっ！　びっくりした？」
「やった！　じゃロズィの勝ちね！」

ロザモンド・ローランド・六郷
Rosamond Roland Rokugou

「ただいま、有葉」×
在原夜見子
Yomiko Arihara

黒い髪。白い肌。丸い瞳。
穏やかな笑みを浮かべる口元。
そこにいたのは。
見慣れた、けれど久々の、顔だった。

こんなにロズィを遠く感じたのははじめてだった。
いや。
今まで近いと錯覚していたのだ。
まるで水を張ったグラスが、向こう側の像を曲げるように。

A O H A L　D E V I L　3

Written by Akiya Ikeda　Illustration by YUFOU

Published by DENGEKI BUNKO

Design — Kaoru Miyazaki (KM GRAPH)

私は悪魔を信じ、仕えることに甘んじてはこなかった。
その心を捕らえ、支配し、従えることを望んできたのだ。

——アレイスター・クロウリー

序章　ゴーイング・アウト

デートってどんな感じなんだろうって、ずっと思ってきた。

男の子を好きになったことなんて、一度もなかった。

だって、周りの同じ年の男子って、正直バカばっかりだし。だって背が高いとか、胸が大きいとか、顔がキレイとか。みんな見た目のことしか言わないんだもん。それって、失礼じゃない？　あんなやつらとデートするくらいなら、動物園に行ってゴリラに餌でもあげたほうがマシだと思う。勝手にバナナでも食べててほしい。

かといって、女の子と出かけるかっていうと、それもうまくいったことがない。

イギリスの女の子はみんなちょっと気取ってて、あんまり思ってることをまっすぐ言わない。だから知らないうちにちょっとずつ距離が空いちゃってることが多かった。みんなでおでかけしてるのに、自分だけ誘われてない、なんてことになってはじめて、ああ、友達じゃなかったんだなって思う。

日本に来たら、きっと仲良くなれる友達ができるんだと思ってた。だからすごく楽しみだったし、期待もしてた。でも違った。友達カンケイはもうすっかり固まっていて、途中からそこに入るなんてことはできそうになかった。新しい場所で人と会っても、その人はもう別のところに友達がいた。みんな話しかければその場は明るく話してはくれるけど、それだけだった。

最初は差別されてると思った。

イギリスにいたら日本っぽくて、日本にいたらイギリスっぽい。どっちにも居場所がないのは、そのせいだって。他の人と自分を比べて、いつも自信がなかった。悔しかった。

だからモデルのお仕事をはじめて、そういうところがいいねって認めてもらったことは、すごくすごく嬉《うれ》しかった。もっといっぱい仕事がしたいと思ったし、とってもがんばって、それはけっこう叶《かな》った。知ってた雑誌にも載れた。好きだったブランドにも使ってもらった。

けど、そこでもうまくいかないことはけっこうあった。

イオカともケンカして、ひどいことしちゃって。

本当は違うんじゃないかって思いはじめてきた。

差別されてるんじゃなくて、自分に原因があるんじゃないかって。

これがダメなのかな、って気づいたことは幾つかあった。思ったことをすぐ言わなくなったし、わかんないことがあっても、それどういう意味？　ってあんまり聞かなくなった。違うなと思っててもうんうん、って頷《うなず》くようにしたし、話わかんないな、と思っても、とりあえずそうだねーって言っておくことにした。

それでぜんぜん問題なかったことに、正直びっくりしちゃった。

実際、お仕事はそれでけっこううまくいくようになった。

そしたらなんだか、大人になれたような気がした。

思ったことすぐ言うなんて、子供っぽいよね。

わかんないことがあるのもそう。知っているフリしとけばバレないし。

でも、こんなに大人なのに。

誰もそれを認めてくれない。

同じ景色を見て話してくれる人はひとりもいないし。

家では子供子供って言われて、振り回されてばっかり。

もっともっと、モデルとしてがんばればいいのかな。

もっともっと、いろんな経験すればいいのかな。

そうしたら、もっと成長できるのかな。

そう思ってた。

だからデートって聞いて、嬉《うれ》しかった。

どうすればいいのかぜんぜんわからなかったから、いっぱい調べて、デートっぽい服を選んだ。映画とかも見てみた。モデルのときはこれ着てあれ着てって言われたのを着てればいいから楽だったな。自分で合わせるってたいへん！　好きなの着るだけなら迷わないのに！

なにしたらいいのかはもっとわからなかったけど、なんか男の子がリード？　エスコート？　してくれるものらしい。じゃあついていけば大丈夫じゃん。よかった。

本当は誰かに相談すればよかったのかもしれないけど、なに着てったらいいかわかんないなんて、そんなこと聞くの絶対に嫌。

だってそんなの、子供っぽいじゃん。

早く大人になりたい。

自分のことは、全部自分で決めるんだ。

やりたいと思うことをして、好きな人を好きになるんだ。

青春ってきっと、そういうことだよね？

AOHAL DEVIL 3
アオハル
デビル
3

Aohal Devil
池田明季哉
絵－ゆーFOU
Written by Akiya Ikeda Illustration by YUFOU
Design by Kaoru Miyazaki(KM GRAPH)
Published by DENGEKI BUNKO

第1章

豚肉とトマトのバルサミコ風味スパゲッティ

「ほら、もう朝だよ。起きて」

僕が閉じたままになっていたカーテンを開くと、まっすぐな光が部屋に差し込む。小さな埃《ほこり》に反射したその光は目に届いて、僕と彼女のあいだの空間を明らかにする。

彼女はベッドの上で掛《か》け布団《ぶとん》にくるまっている。なんだか白いまんじゅうみたいだ。僕がその丸い物体をゆすると、その中から餡《あん》のように甘く、そして重い声が聞こえてくる。

「まだにぇむぃれすぅ……」

「さすがにそろそろ起きないと、遅れるよ！」

「んん……だいじょうぶ……」

「衣緒花《いおか》！」

鋭く名前を呼ぶと、まんじゅうはガバリと割れる。現れたボサボサの髪の女の子は、僕の顔を見てパチパチと目を瞬《まばた》かせた。

「い……いっ、今何時ですか⁉」

「もう7時だよ。撮影9時なんでしょ？」

「そっ、そうです！」

僕は改めて部屋にかかった時計を見て、それからスマートフォンで撮影場所を確認する。

間に合うためには、30分後には家を出なくてはならない。

ギリギリのタイムトライアルだ。

「朝ごはんできるからすぐ食べて！」

急いでキッチンに戻ると、フライパンに火を入れて、オムレツを弱火で温め直す。そのあいだに水を切っておいたレタスとパプリカとトマトをボウルに移すと、ドレッシングをかける。ちょうどいい温度になった頃合いで、オムレツを皿にすべらせてカウンターに置く。衣緒花《いおか》がそれを受け取ってテーブルに運んでいるあいだに、フォークを棚から出す。

残り24分。

「おいしそう……いただきます！」

「待って、ケチャップ」

キッチンから走ってテーブルに向かう。白いキャップをぱきりと開けてボトルを押すと、黄色い卵の上に赤い波線が描かれる。

衣緒花《いおか》はニコニコしながらスマートフォンを手にして写真を撮ると、それをベッドの上に放り投げた。

「飲み物は？」

「できればあたたかい紅茶……あっ、でも今日着てく服の準備できてない！」

「この間クリーニングに出してたやつでしょ？　持ってきておくからとにかく食べて」

「うう、すみません……」

お湯を沸かしておいてよかった。ケチャップを冷蔵庫に戻してからマグカップを出してティーバッグを入れると、ケトルからお湯を注いでキッチンタイマーをセットする。洗い残しておいたいくつかの調理器具を手早く洗うと、ピピッとタイマーが鳴る。ティーバッグをゆすってから取り出して、三角コーナーに捨てる。

残り19分。

「はい紅茶」

テーブルにマグカップを置くと、ちょうど最後のレタスがもしゃもしゃと口の中に消えていくところだった。衣緒花《いおか》は口についたケチャップをティッシュペーパーで拭くと、両手でマグカップを持って紅茶を飲む。少し温度が下がったお湯で入れたので味は落ちるが、すぐに飲めないと間に合わないので仕方がない。

「食べ終わった？」

「は、はい！」

「なら顔と髪！」

衣緒花《いおか》はふえぇ、とよくわからない悲鳴をあげながら洗面所に駆け込む。髪を大きなクチバシのようなものでまとめて留めて、仮面のようなマスクを顔に貼っているのが鏡越しに見えた。その他いろいろなボトルが所狭しと並んでいるが、どの液体がなんなのか僕はよく知らない。

残り12分。

そのあいだに服をまとめてある部屋に走り、今日着るものを持ってくる。リビングに戻りながらクリーニングの透明な袋をちぎって、道すがらゴミ箱に捨てる。服は皺《しわ》にならないようベッドの上に平らに置いておく。

「靴なににする！」

「えっと、上がカジュアルめなので……ビットローファーで！」

洗面所から響くドライヤーの音に負けないように、僕たちはふたりとも声を張る。

「わかった！　色は……黒のほうかな？」

「正解です！　やりますね！」

「これだけ付き合わされてればね！」

答え合わせを済ませると、僕はもう一度服の部屋に戻って、玄関のほうに靴を出しておく。

衣緒花《いおか》とこうなる前はビットどころかローファーも知らない単語だったのだが、まったく人間なんにでも慣れてしまうものだ。

そして、リビングに戻ってきたところで。

衣緒花《いおか》が着替えているところに、鉢合わせてしまった。

透き通る肌はどこまでもなめらかで、豊かな胸と細くて長い手足がコントラストを描く。ミントグリーンの下着が、肌の血色を際立《きわだ》たせている。

「だからいきなり着替えないでって言ってるでしょ⁉」

「時間ないからいいんです！」

僕は悲鳴をあげながらフローリングの床でドリフトして彼女に背中を向けるが、衣緒花《いおか》は本当にそれどころではないようで、まったく意に介していない。仕事モードになると彼女はいつもそうだが、僕はそこまで切り替えられない。まったくこれだからモデルは、と心の中で溜息《ためいき》をつくと、僕は時計を確認する。

残り4分。

「着替え終わった？」

「はい！」

返事を聞いてから振り向くと、そこには伊藤衣緒花がいた。

彼女はくるくると回りながら、着衣の細かい部分をチェックしている。

その姿に、しばし見惚《みと》れてしまう。

完全な姿。誰もが認めるモデル。美しい身体《からだ》を仕事にする人。メイクこそしていないが、そんなものは彼女にとってスパイスにすぎない。多くの人が求め、愛し、憧れるその姿が、今、僕の目の前にある。手を伸ばせば届いてしまう距離。手を伸ばしても、許される関係。

そして僕は毎朝思うのだ。その無防備な舞台裏、ぐしゃぐしゃの髪で、寝ぼけて目をこする彼女を知っているのは、僕だけだ。目覚めた幼虫が蛹《さなぎ》を経て蝶《ちょう》になるその過程に、僕は貢献している。もちろん、彼女の努力に比べれば些細《ささい》なことだろう。それでも彼女の体の数%は、僕が作った食事でできている。

私を見て、と彼女は言った。

その願いを叶《かな》えることは、どうしようもない心地よさと、安心感をもたらす。

い、い、い、やるべきことが目の前にある、という感覚。

「あっ、ゴミ出さないと……」

その声に、僕は我に返って、慌てて時計を見る。

残り0分。……0分？

間に合ってないじゃないか。

「今日は僕がやっておくから！　衣緒花《いおか》は早く出て！」

「ううっ、有葉《あるは》くん、本当にありが――」

「お礼言うより間に合わせて！」

「は、はい！」

「忘れ物ない？」

「あっ、す、スマホ！」

靴を履いたあと、小さな鞄《かばん》の中を覗《のぞ》きながらそう叫ぶ衣緒花《いおか》の声を聞いて、僕はベッドに走る。ベッドの上に転がったそれを手に取るともう一度引き返し、衣緒花《いおか》の手の中にそれを渡す。

「はい！」

「ありがとうございます……」

「衣緒花《いおか》」

「なんですか？」

「いってらっしゃい」

「……はい！　いってきます、有葉《あるは》くん！」

ドアを開けて出ていく彼女の笑顔は、朝の光の中にあって、真夜中に輝く星のようだ。

振り向いてたなびく髪に、石の髪飾りが光る。

僕しか知らない輝き。

見つめるべき目印。

進む道標。

時計を見ると、残り時間はマイナス2分だった。多分、ちょうど僕が彼女に見惚《みと》れていたぶん。衣緒花《いおか》が急げばなんとか電車には乗れるだろう。

スマートフォンのカレンダーには、4月と表示されている。

僕が屋上で燃え上がる衣緒花《いおか》と出会ってから、ずいぶん経《た》ったような気がする。

あの日、僕の青春は生まれ、そして今、こうして衣緒花《いおか》の家から、彼女を送り出している。

悪魔がいなければ、こんな青春もなかった。そう思うとなんだか不思議な気分だ。感謝する
——というほどは割り切れないが、エクソシストになるのも悪いことばかりではない。

なにはともあれ。

高校3年生になったばかりの春。

僕と衣緒花《いおか》は、こうして付き合っている。

■

「はー……」

「どしたの有葉《あるは》。マリリン・マンソンみたいな顔してるよ」

「誰かは知らないけど言わんとしてることはわかる」

学校の椅子の背もたれに体を預けて天井を見上げていると、三雨《みう》の顔が覗《のぞ》き込んできた。視界の中で逆向きになった彼女の染めた髪が、逆光に照らされて透けている。

3年生になって僕たちの教室は変わり、三雨《みう》とは再び同じクラスになったのだが、さすがに隣の席ではなくなった。あらゆるものの距離感がこうして時間とともに変わっていくのだな、

と感慨深く思っていたのだが、結局三雨《みう》はこうして毎朝僕の席に様子を見に来るのだった。変わるものがあれば、変わらないものもある。

「大丈夫、朝から衣緒花《いおか》が大騒ぎでちょっと疲れただけだから」

「朝から……ひょっとして泊まってるの⁉」

「そうだったらもうちょっと楽なんだけど。毎朝行ってるんだよ」

衣緒花《いおか》の家に寄ってから登校するのは、完全に僕の日課になってしまっていた。朝起きて自分の準備を整え衣緒花《いおか》の家に行き、バタバタしがちな衣緒花《いおか》をサポートし、送り出してから学校に来る。体力的にはなかなか大変だが、毎朝走っていた頃に比べればまだ楽ともいえる。

「そっか。ちょっとびっくりしちゃった……」

「びっくり？」

「いや、その、ほら、なんていうか、ね？」

体を起こして頭を巡らせると、三雨《みう》が気まずそうにもじもじとしているのが目に入る。それを見て、彼女がなにを言わんとしているのか僕は察する。

「あっ……」

「ぎゃ、逆に恥ずかしいよそのリアクション！　忘れて忘れて！」

三雨《みう》の悪魔を祓《はら》ったのはついこのあいだで、本当にいろいろなことがあって——それでも、僕たちはほとんど元の関係に戻っていた。でもそれは、そうであるように努力した、という表面上の話だ。起きてしまったことが消えてなくなるわけではない。気持ちの上でのわだかまりは少なくとも僕の側にはないのだが、三雨《みう》は自分がしてしまったことに対して複雑な気持ちを抱えているだろうことは端々から察せられた。

エクソシストだからといって、そして当事者だからといって、気持ちのすべてを解決してあげられるわけではない。彼女には彼女の気持ちがあったことはわかっているし、僕はもう気にしていないけれど、彼女には彼女なりの決着が必要なのだろう。

「あれ、ミウ、まだカレシのこと好きなの？」

無遠慮にそう言いながらひょっこりとロズィが顔を出す。彼女は相変わらず、暇さえあればこうして高等部の教室まで顔を出しにくる。最初はその高い身長と透明な髪に振り向く生徒もいたが、今となってはすっかり馴染《なじ》んでしまっていた。

「ろっ、ロズィちゃんなんてこと言うの⁉」

「でもあの人いるんじゃん、なんだっけ、えーっと——」

「ウミくんとはまだそんなんじゃないから！」

「へー、まだ？　これはまたサクセンカイギかな？」

「そ、その話はおしまい！　また今度！」

顔を真っ赤にする小柄な三雨《みう》と、愉快そうにそれを覗《のぞ》き込む長身のロズィ。こうして見ているとどっちが年上かわからなくなってくる。

ひと通り三雨《みう》をからかい終えると、ロズィはくるりとこちらに標的を変えた。

「ねぇ、今日イオカのおうち行っていい？　ロズィも一緒にカレシのお料理食べたいな」

「僕に言われても……というかなんで知ってるの？」

「衣緒花《いおか》がごはんの写真撮って自慢してきたから。メシテロってやつ！」

「確かに撮ってたけど……そんなことしてたのか……」

ひとりで暮らしている以上どっちみち食事は自分で作るので、ふたりぶん作ったほうが安上がりだし食材も余りにくい、という合理的な理由により、僕は衣緒花《いおか》の食事も作るようになっていた。それがロズィにマウントを取る材料になっているとは、微笑《ほほえ》ましいような気もするし、ちょっと複雑な気もする。

上り調子に仕事が増えているモデルの家に出入りするにあたっては清水《しみず》さんにも一応相談したのだが〈衣緒花《いおか》にちゃんとしたものを食べさせてくれてありがとうなにかあっても私が頼んだことにすれば問題ない安心してくれ〉といたく感激されてしまった。〈本来は私がやるべきなのだが〉と言っていたので、それはマネージャーの仕事ではないとやんわりと伝えておいた。

それが本当に、僕の仕事なのかはともかく。

「あれ、でも衣緒花《いおか》ちゃんって朝走ってなかった？」

「最近は仕事が忙しすぎて体力的に無理みたい」

「あの衣緒花《いおか》ちゃんが、体力的に⁉　戦争でもしてるの⁉」

「様子見てるとそんなようなものだね」

逆に言えば、今までは時間的にも体力的にもまだ余裕があったのだな、とひとり感慨深く思う。モデルにとって仕事が忙しいことはよいことだろう。

「そうそう！　穴埋めでロズィもあっちこっち行ってて大変なんだから！」

「え、どういうこと？」

口を挟んだロズィが、そのままミウに説明を続ける。

「事務所で病気が流行《はや》ってて、みんなどんどん倒れてるの」

「え、怖いね。伝染《うつ》るやつってことでしょ？」

「たぶん？　シイトなんかマスクしてゴム手袋してあちこち消毒して回ってるもん。でも、お仕事増えるのは嬉《うれ》しいけどね。倒れた子には悪いけど！」

僕も最近わかったことなのだが、モデルの仕事というのは、得ようと思って得られるものではない。オーディションを受けたりする努力はもちろんあるが、基本的には見つけてもらい、仕事が与えられるのを待つしかない。未来に向けてしっかりとキャリアを作っていくことのできるモデルは本当に一握りで、それもいつまで続くかわからない。だからできるうちに限界までやっておこうと考える衣緒花《いおか》やロズィは、実に正しい考え方をしている。

夢を自分の手で叶《かな》えていくというのは、かくも難しいことなのだと考えさせられる。

体調を崩したりしないでほしい、という清水《しみず》さんの心配は、もしかしたらマネージャーとしての経験に裏打ちされた、切実なものなのかもしれない。

「そういえば、進路調査票書いた？」

「あっ」

僕は思わず声を漏らす。そういえばそんなものもあった。机の中に手を入れて探るとすぐに出てきた。ぞんざいな扱いで端が折れている。もちろん、白紙である。

「衣緒花《いおか》ちゃんぜんぜん学校来てないし、そもそも持ってないよね」

「僕が持っていくよ。三雨《みう》はもう書いた？」

「えっと……ボクは普通に大学……」

なぜかうつむいて、自信なさそうにそう言う。それを見て、ロズィはぴょんぴょんとその場で跳ねた。

「ミウ、勉強苦手なんだ？　ロズィと一緒だね！」

「いやぁ……」

パーカーのポケットに手をつっこんで曖昧に笑った三雨《みう》のために、僕は補足する。

「ロズィは知らないと思うけど、三雨《みう》は成績学年3位、模試も上位だよ。このままなら城北《じょうほく》大学《だいがく》も受かるんじゃない？」

「ええっ！　超頭いいじゃん！　意外！」

ロズィは目を丸くしている。まったく失礼なやつだ。

「あはは、まあまだみんな受験に本気出してないだけだと思うし……テストの点なんてロックじゃなんの意味もないしね。衣緒花《いおか》ちゃんとかロズィちゃんのほうがすごいよ」

そう言って、三雨《みう》は肩をすくめた。謙遜などではなく、それが彼女の本心であることを僕は知っている。その意味では、ロズィが驚くのも無理はない。三雨《みう》はそのことをなんとも思っておらず、なんとも思っていない以上は話題にしたこともないからだ。そうでなければ悪魔に憑《つ》かれたりはしなかっただろう。

僕のような人間からすれば羨ましいのだが、本人にとっては勉強ができるというのは普通のことなのだろう。

「三雨《みう》は、大学でなにやりたいとかあるの?」

「ん、将来は音楽関係の仕事ができたらいいなって。だから音楽のこともっとわかるように、文化とか社会とか、そういうの勉強できそうなところに行きたいかな。あ、でもバンドも続けるよ! ブライアン・メイだって大学院で勉強して、最後は博士号取ったもん!」

「し、しっかりしている」

「有葉《あるは》も意外そうだね……」

「ごめん、そういうつもりじゃなくて。ちゃんと考えてていいなって」

三雨《みう》が自信なさそうにしていた理由も、わかるような気がする。衣緒花《いおか》やロズィは、すでに自分が取り組むべき分野を見つけて、そして実際に成果を上げている。そういう人は決して多くないと思うのだけれど、その具体例があまりにも身近にいると、意識せずにはいられないだろう。とはいえ話を聞く限り、三雨《みう》は三雨《みう》で、音楽にかかわりたいということは、はっきりしているようだ。そういう人もまた、決して多くはない。

ちゃんと考えてえらいな、と思ったのは、半分は本当だが、半分は嘘《うそ》である。

羨ましいと思ったのだ。

そうして自分の進むべき道がわかっている、ということが。

「いいなぁ……」

だからロズィが小さくそうつぶやいたのを聞いて、僕は自分が気づかないうちに独り言を漏らしてしまったのかと思った。けれどその声に含まれた憂いに、三雨《みう》は的確に気づく。

「どうしたの、ロズィちゃん。大丈夫？」

「ううん、なんでもない」

「ロズィちゃんはまだ中学でしょ。高校はそのまま進学じゃん。モデルの経験もしっかりあるし、そっちのほうが羨ましいよ」

「うん……」

「……ロズィちゃん？」

三雨《みう》はロズィの顔を心配そうに覗《のぞ》き込み、いや実際には背の高いロズィのうつむいた表情を見上げているのだが、ともかくロズィは心配されていることを察したのか、パッと明るい甘えた表情を作った。

「あのね！　進路とかよくわかんないけど！　でもテストあるからそれが不安で！　どうしよ！　ねぇねぇ、ミウ勉強教えて！」

「ええっ、いいけど、ボクひとりじゃ心許《こころもと》ないよ」

「じゃカレシも！」

急に話を振られて、思わず渋い顔をしてしまう。

「いや僕は衣緒花《いおか》の家でいろいろやらないといけないことが……」

「えー、なにそれ、他のオンナには構えませんってこと？」

「そうじゃないけど……」

「ていうか、イオカも一緒にやればいーじゃん。どうせ勉強してないでしょあのティラノサウルス。絶対脳みそ小さいもん。むしろロズィよりイオカのほうが勉強必要なんじゃないの？」

「う、否定できない」

ファッションにまつわるものなら難しい本もどんどん読んでいるので頭はいいはずなのだが、仕事が増えた衣緒花《いおか》がとても勉強どころではないことも、最近成績があやしいことも事実であった。同じような状況にあるロズィもそれを知っているのだろう。ロズィはあっけらかんとしているようでいて、こういう交渉は実に上手《うま》い。

「まあ……確認してみるよ……」

「やったー！　じゃ、週末ね！」

「急だなあ。聞いてはみるけどさ」

そう言って、ロズィは飛び跳ねながら回転していく。体が大きいのでなかなかのダイナミックさで、僕は彼女が蹴飛ばさないように、机と椅子を少し動かした。

一方、三雨《みう》は器用にそれを回避しながら、遠慮がちな目線を僕に向ける。

「有葉《あるは》、大丈夫？　衣緒花《いおか》ちゃん、忙しいんじゃないの？」

「多分大丈夫だと思う」

「そっか。なら、ボクも楽しみ。よろしくね」

三雨《みう》はホッとした顔をして、ふわりと笑った。

ロズィが飛ぶように、三雨《みう》がのんびりと自分たちの定位置に戻っていったあとで、僕はふと、ロズィの表情が気になった。

僕は衣緒花《いおか》がいつか言っていたことを思い出す。モデルの寿命は短い、自分の年齢でもキャリアを積むには遅すぎるくらいだ――ロズィはその意味では、順風満帆であるように見える。中高一貫で受験もなく、僕が知る限り存分にモデル業に集中している。周りの風当たりが強い時期もあったようだが、それは多くのところ本人がピリピリしていたからで、今はずいぶん緩和していると衣緒花《いおか》からも聞いている。まあこうしてこっちの教室に入り浸っているあたり、同年代とは馴染《なじ》まないのだろうけれど。

あまりにも大人っぽい見た目に忘れがちだが、彼女はまだ中学生なのだ。一年ごとに成長していくのは当たり前のことだ。

そんなロズィでも、将来不安になったりするのだろうか。

相談に乗ってあげたらいいだろうか、と思ったが、少し考えて、それは僕の役割ではないと思った。僕は自分の進路調査票にさえなにを書いたらいいのかわからない。どちらかというと、相談が必要なのは僕のほうだろう。

ときどき、自分がどうしようもなく子供に感じられることがある。

自分なりの道を見つけて歩いていく衣緒花《いおか》や三雨《みう》や、そしてロズィとも、その点においては埋めようのない開きを感じる。

自分は本当に、あるべき青春を過ごしているのだろうか。

そしてこう思わずにはいられないのだ。

もし、悪魔が僕に憑《つ》いてくれたら。

自分の願いがなんなのか、きっとわかるのに。

僕は机の上の進路調査票の折れた端を、丁寧に直した。けれど紙の繊維は折れたかたちを記憶したまま、場違いな線を端に刻んでいた。

■

「そんなの決まっているでしょう。服飾専門学校一択です」

僕が作ったトマトスパゲッティを頬張りながら、衣緒花《いおか》はさも当然というようにそう言った。

放課後、僕は自分の家に帰って手早く家事を済ませると、スーパーに寄って買い物をして、それから衣緒花《いおか》の家に向かう。合鍵を使って家に入り、掃除と洗濯を済ませておく。服以外はさしてもののない家だから、掃除機をさっとかけ、洗濯もタオルや部屋着をドラム式洗濯機に入れてしまえばそれで終わりだ。なお、彼女が着る他のものについてはさすがに管轄外である。頼まれればクリーニングに出したり引き取ったりすることはあるが、大抵は衣緒花《いおか》が行き帰りに済ませてしまう。

とはいえそういった諸々を済ませるとそこそこの時間になっており、仕事を終えた衣緒花《いおか》が帰ってくる。ただいま有葉《あるは》くん、と微笑《ほほえ》む彼女を、おかえり衣緒花《いおか》、と迎えることが、いつの間にか日課になっていた。そこから疲れ果てた衣緒花《いおか》が着替えたりメイクを落としているあいだに食事を作り、ふたりで食べながらいろいろな話をする。

まるで家族のように。

そして今日は進路調査票が話題になったと、そういうわけだった。

「とはいえ学科は検討しています。私には、モデルとしてすでにそれなりのキャリアと経験がありますす。ですからそれを改めて専門学校で学ぶよりも、今後を見据えて他の分野に幅を広げたいです。デザインの方向に行くのもいいですが、手塚《てづか》さんがすごいのは経営や流通の側もカバーしているからですし、でもモデルとしてのキャリアは今しか積めないので、状況によってはタイミングを──」

「衣緒花《いおか》はすごいよね」

「いえ、まだ足りないことだらけですから」

「そうじゃなくて。自分の行く先がちゃんと決まってるんだなって」

高い目標。そして飽くなき向上心。それがあるからこそ、僕は彼女をずっと見ていたいと思うのだ。

僕はその髪に光る石の髪飾りに目をやった。

彼女がそこに輝いていれば、決して道に迷うことはない。

そしてその光は、今僕の向かいで、僕の作ったスパゲッティを食べている。

衣緒花《いおか》が夢を叶える役に立っているという感覚は、言いようのない充実感をもたらす。

だから、返ってきた彼女の問いに、僕はすぐに答えられなかった。

「有葉《あるは》くんは、どうするんですか？」

「僕は……」

返事に困って、サラダのプチトマトにフォークを突き立てる。丸くて小さな赤い野菜が、尖《とが》った金属の先から逃げ回るのに苦戦するふりをした。

しかし意を決したように、衣緒花《いおか》は踏み込んでくる。

「その、有葉《あるは》くん。このままで、いいんでしょうか」

「このままって？」

「だって、私、全部面倒見てもらっちゃって……有葉《あるは》くんのしたいこと、する時間ないんじゃないかなって……」

「家でひとりで作って食べるのも、ここで作って食べるのも同じだよ」

「そういうことではなく！」

衣緒花《いおか》が反論するのはわかっていた。思わず誤魔化してしまった僕が悪いのだ。

ざくりとプチトマトにフォークを突き刺すと、口元に掲げてから言った。

「僕がしたいのは、衣緒花《いおか》をちゃんと見ていることだから。衣緒花《いおか》が活躍してくれたら、それが一番嬉《うれ》しいよ」

「そう、ですか……」

一瞬、衣緒花《いおか》の表情に、翳《かげ》りが見えた気がした。しかしその翳《かげ》りはスパゲッティとフォークに巻かれ、すぐにかき消される。

「そうだ、聞いてください。私、今年はナラテルのパーティに招待されてるんです」

「へぇ？」

彼女が無理に話題を変えたことには気づかない振りをして、相槌を打つ。

「その年にナラテルで活躍した、選ばれたクリエイターしか参加できない、特別なパーティなんですよ。手塚《てづか》さんが毎年、直筆で招待状を書くんです。ほら！」

見たこともないくらい分厚い紙を折って作られた封筒には、赤い本物の蠟《ろう》で封がされていた。たいへんに凝った作りから、本当に限られた人にだけ送られているものなのだということが理解できる。

「すごいじゃない」

「えっと、それでですね、同伴者もひとりまで連れてきていいと言われているんですけど……その、有葉《あるは》くん、行きたかったりしませんか？」

「無理だよ！　誰？　ってなるでしょ！」

それは友達を連れてきていいよ、ということではなく、関係者に紹介したい人を連れていく枠なのだと思うのだが。

「私だってスーツの有葉《あるは》くんを侍《はべ》らせてパーティを満喫したいんですが」

「僕はポケモンじゃないし、バトルになったら負ける自信がある」

「私のために必死で戦ってください」

「今から目の前が真っ暗なんだけど……」

「だって私たち、デートのひとつもしていないじゃないですか！」

なるほど、と思う。

僕たちは、確かに付き合っている。少なからぬ時間をともに過ごしている。しかしそのほとんどはこうした家での生活であり、土日はだいたい撮影で留守である。衣緒花《いおか》の活躍ぶりとそれに比例した注目を考えれば、さすがにもう気軽にデートというわけにはいかない。

「いや、それはさ、ほら、衣緒花《いおか》のモデル活動が大事だから……」

「私のことが大事って言いました？」

「そうは言ってない」

「へぇ？　私は大事じゃないと？」

「う……大事……だけど……」

「声が小さい！」

「衣緒花《いおか》のことが大事だよ！」

彼女は満足そうにうんうんと頷《うなず》くと、いつの間にか空になった皿の上にフォークを置いた。

「ごちそうさまでした、今日もおいしかったです」

「……それはよかった」

僕は綺麗《きれい》になった衣緒花《いおか》の皿と、まだぜんぜん進んでいない自分の皿を見比べて溜息《ためいき》をつくと、自分の食事に戻った。まったく、いつまで経《た》ってもこればかりは慣れない。そんなに確認しなくても、僕の気持ちは変わったりしないのに。

衣緒花《いおか》は積んである雑誌を手に取ってベッドの上に飛び乗ると、ごろりと横になる。

「はぁ、お腹《なか》いっぱい。私、もう有葉《あるは》くんがいないと生きていけないかも。有葉《あるは》くん、進路決まってないんだったらずっとこれ続けてくれてもいいんですよ？」

「悪いけど、恐竜の飼育員は検討してない」

「もう！」

あまりにもいいようにされて、そう反抗してはみるものの。

こんな時間がずっと続けばいいなと。

本当は、そう思っている。

「ごちそうさま」

自分のぶんをさっと食べ終えて、僕はふたりぶんの食器を片付ける。料理の途中で調理器具はあらかた洗い終わっているので、そこまで多くはない。

シャワーに切り替えた水音に負けないように、少し声を張る。

「そういえば、体は大丈夫？」

「体ですか？　見ます？」

「見ないよ！　なんでそうなるの!?」

「有葉《あるは》くんのごはん、バランスばっちりで前より元気ですし、確かに運動量は落ちましたが体型はぜんぜん……」

「太りやすいって言ってたけど、実はストレスと食生活だったのでは」

「そ、そんな。毎朝走ってたあの努力はいったいなんだったんですか⁉」

「体力はついたと思うから、いいんじゃない？　今は仕事がいっぱいだし」

「それはそうですが……」

体力は健康にもかかわるし、と言おうとして、僕は事務所で流行《はや》っているという病気のことを思い出した。

「そういえば風邪も流行《はや》ってるんだってね」

「そうですね。私もかからないように気をつけます。有葉《あるは》くんに迷惑かけたくないですし」

いつの間にか僕が看病をすることが前提になっている。いや多分するけれど。

「あ、あと週末ロズィが勉強会したいって言ってたよ。ここで」

「あの子、完全にうちで遊ぶのに味をしめてますね。でも勉強会ってあの子はまだ中学内容でしょう？　私にメリットありませんが」

「三雨《みう》が教えてくれるって」

「三雨《みう》さんが……それは魅力的ですね……」

「忙しければ無理しなくていいとは思うけど」

「いえ、さすがにそろそろ成績も不安なので、集中して勉強する時間は取りたいです」

「そう言うと思った。僕から返事しとくね」

食器を水切りかごに並べ終えると、僕はふうと息をつく。本日の業務はこれで完了だ。

時計は10時を回っていた。さすがに疲労感がある。

「じゃ、僕は帰るよ。また明日」

鞄《かばん》を背負って靴を履くと、見送りに来た衣緒花《いおか》が、おずおずと切り出す。

「その……いつも言ってますけど、泊まっていってもいいんですよ。また朝、来てくれるんだし……私たち、一応、付き合ってるので……」

「いや……その、いろいろあるし、いろいろあったし……」

それは確かに、魅力的な誘いだった。

一応、断る理由は台詞《せりふ》そのものより幾分か具体的である。

いろいろある、というのは、なんらかのスキャンダルになった場合に備えて清水《しみず》さんに身の回りのことを頼まれているという一応の建前を守ったほうがよいのではないか、という意味。

そしていろいろあった、というのは、衣緒花《いおか》の姿をした三雨《みう》に無理やり迫られたときの記憶がまだ色濃く残っていて、ちょっと複雑な気持ちがある、という意味。

でも、それらは単なる言い訳だと自分でもわかっている。

僕は衣緒花《いおか》のことが好きだし、衣緒花《いおか》本人がそれでよいというのなら、それでもいいのかもしれない。毎晩わざわざ帰って翌朝来るのが面倒なのはその通りである。

それでも僕は、首を縦に振ることができなかった。

「その……そういうわけだから。帰るよ」

「そう、ですか。気をつけてくださいね」

「うん。また明日」

彼女の部屋をあとにしてマンションのエントランスから外に出ると、夜の街の空気が肺に入り込んでくる。僕は深く呼吸をすると、自分の家に向けて歩き出した。

■

清水《しみず》さんから電話があったのは、次の日のことだった。

いつも通りに衣緒花《いおか》を送り出し、学校に行き、三雨《みう》とロズィと話す。いつもと違うのは、その日が短縮日課であることだった。衣緒花《いおか》は相変わらず仕事で、帰りは遅い。

こうなるとどうにも手持ち無沙汰で、なにをしたらいいかわからなかった。

僕、衣緒花《いおか》と出会う前は、どうやって生きていたんだっけな。

学校からの帰り道、途中でスマートフォンが震えて、清水《しみず》さんからの着信を知らせていた。

僕は煌々《こうこう》と光る画面に触れて、通話を開く。

「もしもし」

「少年、突然すまない。衣緒花《いおか》の様子は変わりないか?」

突然、というよりはいつものことだと思いながら、僕は質問に答える。

「はい。元気なものですよ。よく食べてよく寝て……いや、寝不足気味ではありますが、体調を崩すほどではないと思います。運動量は少し落ちたと言っていましたが」

「以前の彼女の運動はハードすぎたからな。少し緩めるくらいでちょうどいい」

清水《しみず》さんはそこまで言うと、呼吸を置いた。僕は若干の違和感を感じながらも、続きを待つ。

「その、どうも事務所で病気が流行《はや》っているようなんだ。衣緒花《いおか》の体調に、気を配ってやってほしい」

「はい。聞いています。……なにか気になることが?」

「いや、具体的になにかあるわけではない。しかし、どうにも感染経路がわからないんだ」

「事務所で、って言いませんでした?」

「いや、事務所自体は消毒を徹底しているし……なにより、そもそも倒れているのは、お互いに接触がなかったモデルばかりだ」

すべて把握しているんですか、と聞こうとして、愚問だなと思う。この人なら間違いなくすべて把握しているだろう。

「だから厳密には事務所に所属しているモデルが感染しているのだが、事務所で感染が起きているわけではない。同じ現場に出ているのかとも思ったが、どうもそういうわけでもない。そうなるとそれぞれのプライベートで独立して感染しているか、あるいは俺にも把握できていない共通点があるのか。いずれにしても、現状では先手を打った根本的な対策は困難だ。後手でも対症的に当たるしかない。我々は所属するモデルこそが資源だし、それぞれの活動を考えても痛手になる。どうにかしなくてはならないのだが……」

ふう、と溜息《ためいき》をつくと、清水《しみず》さんは続けた。

「すまない。どうも君を相手にすると話しすぎてしまう。……私が言いたかったのは、衣緒花《いおか》の様子を見ておいてほしい、ということだ。少しでも体調が悪そうな素振りを見せたらすぐに連絡してくれ。足を運んだ場所にも注意を払ってくれるとなお助かる」

「わかりました」

この状況で衣緒花《いおか》が倒れたら、事務所も衣緒花《いおか》も大変なことになるだろう。そんなことになったら、誰もが傷つくことになる。

「急にすまなかった。よろしく頼む」

そう結ぶが、清水《しみず》さんは絶対に自分から通話を切らない。相手が切ってから切る、という習慣が染《し》みついているのだろう。それがわかっているから、僕はむにゃむにゃと適当なあいさつをして、画面の赤いボタンに触れた。

歩きながら話していたから、気がつくともう自分の家に着いていた。

繰り返されたルーティーンをなぞるように、無意識に取り出した鍵を差し込んで回すと、奇妙な感触があった。回転が軽いのだ。鍵が開いた感触がない。

それはすなわち、最初から鍵が開いていたことを意味する。

「……あれ？」

おかしいな、と思ってあたりを見回す。すると、一台の車が目に入った。小ぶりな白い車体に、赤と黄色が配されたサソリのエンブレム。珍しい車だから間違いようがない。

それは、佐伊《さい》さんの車だ。

どうして？

合理的に考えるなら、家の中にいるのは佐伊《さい》さんということになる。それ自体はありえない話ではない。佐伊《さい》さんには、なにかあったときのために家の合鍵を渡してある。しかし、それが使われているということは、なにかあったということじゃないのか？

僕は慎重にドアノブを回すと、できるだけ音を立てないように扉を開き、おそるおそる中をうかがう。

すると、その瞬間。

待っていた、というように、バッとドアが開いた。

僕はとっさに飛び退《の》いて身構える。

あらゆる可能性が頭の中を駆け巡って、危険を知らせる信号が鳴り響く。

けれどそんな僕の警戒心は、すべて裏切られる。

「おかえりなさい」

黒い髪。白い肌。丸い瞳。穏やかな笑みを浮かべる口元。

そこにいたのは。

見慣れた、けれど久々の、顔だった。

「よ、夜見子《よみこ》姉さん……！」

「ただいま、有葉《あるは》」

姉さんはそう言って、やさしく僕を抱きしめた。

第2章　ただいま、そして、はじめまして

AOHAL DEVIL 3

「夜見子《よみこ》姉さん！　どこに行ってたの⁉　心配したんだよ⁉」

僕は目を疑った。

いなくなった姉さんが、帰ってきたなんて。

夢でも見ているのかと思った。

けれど、その優しい微笑《ほほえ》みも、僕を抱きしめるその感触も、全部記憶にある通りだった。

本当なんだ。

本当に帰ってきたんだ。

姉さん――

「ごめんね。私もずっと会いたかったわ、有葉《あるは》」

穏やかであたたかい声が、僕の体に流れ込む。

それは長年淀《よど》んでいたいろいろな感情を体から押し出して、僕の頰を濡《ぬ》らした。

「おや弟くん、泣いてるのかい？」

姉さんの後ろから、佐伊《さい》さんがひょっこりと顔を出す。

「佐伊《さい》さん！　佐伊《さい》さんが見つけてくれたの⁉」

「はは、そうだったら全力で恩を売るところだったけどね」

いつも通りふざけて肩をすくめると、佐伊《さい》さんは姉さんの隣に立った。

このふたりが並んでいるところを見ると、一気に懐《なつ》かしさがあふれてくる。そう、ふたりは友達で、いつも一緒にいて、僕はその背中をずっと眺めていた。

「帰ってきたの。有葉《あるは》に会うために」

「いったいどこでなにをしてたの⁉　3年も――3年もいなかったんだよ！」

「そうね。ちょっと研究でやらなければならないことがあって、いろいろ飛び回っていたの」

「研究って、悪魔の研究？」

「ええ。でももう一段落したから大丈夫」

そう言って、姉さんはにっこりと微笑《ほほえ》んだ。それを見て、僕ははじめて気づく。

僕は不安だったのだ。姉さんがいなくて。

そして安心してようやく、僕はふたつの違和感を捉える。

ひとつは、匂い。なんだかココナッツのような奇妙に甘い香りが、うっすらと姉さんを包んでいた。僕の記憶にはない感覚。でも、3年も長い旅をしてきたのだ。まとう空気が変わっていてもなんら不思議ではない。

もうひとつは、姉さんの顔だ。

姉さんの右目が、黒い眼帯で覆われていた。丸みを帯びながら顔に合わせて作られたその形は、紐《ひも》で頭に固定されている。

「姉さん、その目……どうしたの？」

「ちょっと怪我《けが》しちゃって。すぐ治るから大丈夫よ」

「本当に？」

「本当よ」

それはガーゼでできたようなものではなく、割合しっかりしたものに見えた。それなりの期間使うことが想定されているような感じがする。重い怪我《けが》なのだろうか。旅をしているあいだに負ったのだろうか。いったいなにをしていたのだろうか。そんなに危険だったのだろうか。いろいろ心配なことはあったが、姉さんの柔らかい微笑《ほほえ》みを前にすると、なにもかもが溶けて流れていってしまうようだった。

「長旅疲れたよね、夜見子《よみこ》。今日は弟くんと水入らずで休んで」

「送ってくれてありがとうね、佐伊《さい》ちゃん」

「ん……夜見子《よみこ》の頼みだからね」

「例の件、お願いね」

「わかった。探しておくよ」

佐伊《さい》さんは僕と姉さんの横をすり抜けて靴を履く。

「ああ、弟くん」

「なに?」

「その──」

眼鏡ごしに数秒僕を見つめていたが、首を振って、微笑《ほほえ》みを浮かべた。

「──いや、なんでもない。よかったね」

「うん……?　ありがとう」

それきり佐伊《さい》さんはなにも言わず、玄関から出ていった。僕はそれを不思議に思ったが、それ以上考える余裕はなく。

やがてエンジンがかかった車が走り去る音がして。

あとには僕と姉さんだけが残される。

姉さんは家の中に戻ると、ソファに座った。

リビングには鮮やかな緑のスーツケースが開かれていて、たった今帰ってきたばかりであることが察せられた。中にはいかにも長旅を思わせる、いろいろな荷物が入っている。

「こっちに来て、有葉《あるは》」

まじまじと見ていると、背中から姉さんの声がかかる。

振り向くと、優しい微笑《ほほえ》みがそこにあった。

どんな顔をして会えばいいいんだろう、と思っていた。

3年もいなくて、どこでなにをしているのかも、どうしていなくなったのもわからなくて、もし戻ってきたとして、そんな姉さんにいったいなにを言えばいいのかと。

でも、そんな心配はまるっきり杞憂《きゆう》だった。

まるで昨日まで一緒にいたような気持ちで、僕は今、姉さんの隣にいる。

「姉さん。本当に、いっぱい話さないといけないことがあるんだ。本当に、いろいろなことがあって……」

「佐伊《さい》ちゃんからだいたいの話は聞いてるわ。悪魔祓《ばら》い、がんばったんですってね?」

「うん……大変だった」

「よくやったわね」

僕は姉さんに手を引かれて、ソファに体を横たえる。姉さんの膝に頭を置いて、顔を見上げる。僕はもう子供じゃない。膝枕なんて恥ずかしいような気もしたけれど、なぜか抗《あらが》うことができなかった。

「そういえば、彼女ができたって聞いたけど」

僕の髪を撫《な》でながら、ちょっといたずらっぽく、姉さんは微笑《ほほえ》んだ。

「え、えっと、そう……一応、付き合ってて」

「一応なんて、彼女さんに失礼じゃない?」

「そう、かな……」

「そうよ。今度ぜひ会いたいわ」

「うん、紹介するよ。すごく……すごくいい子なんだ」

「それは楽しみね」

僕は穏やかに微笑《ほほえ》みを浮かべるその唇を見ながら少し考えて、それから口を開いた。

「姉さん、どこに行ってたの？　なにをしてたの？」

けれど僕の質問に、姉さんは答えなかった。代わりに目を細める。

「私のことはいいの。それより心配なのはあなたのことよ。ひとりにしてごめんなさい。寂しかったでしょう」

僕は自分がとても疲れていたことを思い出した。子供を寝かしつけるような姉さんの手を、僕は摑《つか》み、撫《な》でる。それが夢や幻でないことを確かめるように。もう二度と、いなくならないように。

「私がいないあいだに、なにがあったか。話して、有葉」

姉さんの声を聞いていると、なんだか頭が痺《しび》れて、うまく考えられなくなる。安堵《あんど》が泥のように体を満たして、空間を曲げんばかりのとてつもない重力が、僕の体を沈めていく。

姉さん。僕のたったひとりの家族。

「あのね、姉さん――」

そして世界は、真っ暗な闇の中に沈んでいった。

■

「有葉《あるは》くん、待ちました。大丈夫ですか？　どうして今朝は――」

翌日の午後、僕は衣緒花《いおか》の家を訪れていた。

顔を出した彼女が心配そうにしているのも無理はない。毎朝来ていた僕が姿を現さず、連絡もつかなかったのだから。

けれど、どうしようもなかった。

昨日は気がついたらベッドで眠っていた。学校から帰ってすぐだから、いったい何時間寝ていたのだろう。目を覚ましたときには、もうすっかり昼になってしまっていたのだった。自覚がないだけで、とても疲れていたのだろうか。

あとから聞いたところによると、僕はあれから今まであったことを姉さんに言って聞かせたらしい。ぜんぜん覚えていないのでなにを言ったのか不安で仕方がないが、悪魔については姉さんも研究者だ。特に隠し立てするようなことはないと思う。家族でもあるわけだし。

そして。

「お邪魔します。あら、あなたが彼女さんね。いつも有葉《あるは》がお世話になってます」

「えっ、あの、えっと……」

衣緒花《いおか》は突然現れた女性を指差しながら、僕の顔を見て、口をぱくぱくとさせる。

「突然ごめん。姉さんが、帰ってきたんだ」

「あ、有葉《あるは》くんの……お姉さん⁉」

驚くのも無理はない。なんなら僕もまだ驚いているのだから。少し時間を置いてからのほうがいいのではないかと思ったが、姉さんが連れていきなさい、と言うので連れてきた。本来であれば事前に連絡すべきであったのだが、突然のことで僕自身も混乱していた。それに、なんと言えばいいのかわからなかったのだ。

「昨日、いきなり帰ってきて。どうしても、衣緒花《いおか》に――みんなに会いたいって。ちょうどいいから、来てもらったんだ。姉さん、この人が、ええと――」

「は、はじめまして。伊藤衣緒花《いとういおか》です。あの、有葉《あるは》くんと、その――」

「あなたが衣緒花《いおか》ちゃんね。有葉《あるは》がお付き合いしてるのがこんな素敵な子だなんて思わなかったわ。お姉ちゃん鼻が高いな」

「姉さん、やめてよそういうの」

「いえ、こちらこそ素敵な弟さんで、えっとお料理が上手で、あと掃除と洗濯と」

指を折って数えだす衣緒花《いおか》の言葉を聞いて、姉さんの目が細められる。

「ふぅん、まるで一緒に住んでるみたいね？」

「違う違う！　そういうんじゃないから！　朝来て夜帰ってるから！」

「なぁんだ。お姉ちゃんびっくりしちゃった。でもいいんじゃない？　関係を深めるのは大事なことよ」

「別に深めてない！」

「す、すみません。あの、弟さんにはお世話になって……いえお世話されています……」

突然のことに衣緒花《いおか》も動揺していて、だんだんなにを言っているのかわからなくなってくる。

「衣緒花《いおか》もやめてよ。……えっと、三雨《みう》とロズィは？」

「中で勉強してます」

「お邪魔してもいいかしら？」

「はい、どうぞ」

衣緒花《いおか》と僕が先に中に入り、姉さんが続く。衣緒花《いおか》は僕に目を合わせてなにが言いたげな顔をしたが、含まれているメッセージがあまりに複雑すぎて、あるいは衣緒花《いおか》自身も困惑していて、読み取ることはできなかった。仕方のないことだと思う。なんなら僕もまだ混乱している。

「あ、有葉《あるは》来たんだ。遅かったね」

聞いた話とは違って、テーブルにいるのは三雨《みう》だけだった。

「あれ、ロズィは？」

「お手洗い」

テーブルの上に開かれた教科書を覗《のぞ》き込むと、それは中学校の理科のもので、隣のノートには何語かよくわからない文字が書かれている。いや、多分日本語――というかひらがなだ、これは。めちゃくちゃに字が汚いだけで。

「ねぇ有葉《あるは》聞いてよ、ロズィちゃん勉強以前にそもそも日本語が難しいみたいでさ」

「そう、なんだ」

冷静に考えれば、無理からぬことかもしれない。お母さんが日本人とはいえ、ついこの間までイギリスにいたのだ。むしろよく日本語がこんなに話せていると感心すべきだろう。読み書きのほうが難しいのは当然のことだ。

「教科書の漢字にフリガナ振るところからだから、あれだときっと日常生活も大変――」

途中まで話した三雨《みう》は、僕と衣緒花《いおか》の後ろから現れた姿を見て、固まる。停止ボタンを押したかのような、見事な静止だった。

「――え、どなた？」

「はじめまして、夜見子《よみこ》です」

「よみこ、さん……衣緒花《いおか》ちゃんの知り合いのモデルさん？　とか？」

「あら、お上手ね」

ぐるぐると目を回す三雨《みう》に、僕は説明する。

「三雨《みう》、僕の姉さん」

「えっ、ええっ⁉」

僕がかくかくしかじかと事情を説明すると、三雨《みう》は驚きながらも何度も頷《うなず》いて、よかったね、と繰り返し、少し涙ぐみさえした。本当にいいやつだと思う。

今度は姉さんに三雨《みう》を紹介すると、姉さんはさらりと言った。

「ああ、ウサギの子ね？」

それを聞いて、衣緒花《いおか》と三雨《みう》は顔を見合わせる。

「その、有葉《あるは》、お姉さんってさ」

「うん、姉さんは佐伊《さい》さんと同じ、エクソシストだよ」

「じゃ、その、ボクになにがあったかとかも、全部わかって――」

「うん、そのへんはだいたい話してある」

「ひぃ！」

あまり覚えていないので、多分、と心の中で付け加える。三雨《みう》は顔を真っ赤にして足をバタバタさせており、衣緒花《いおか》はうつむいて震えていた。姉さんはそれを見て、にっこりと笑う。

「大丈夫。私も研究者だから、悪魔のことはよく知っているわ。恥ずかしがらないで、お医者さんみたいなものだと思ってね。ふたりとも、有葉《あるは》と仲良くしてくれてありがとう。いつもこうやって集まってるの？」

「ち、違います！　これはたまたまで、いつもは私と有葉《あるは》くんふたりで、いえふたりっていってもそういうのではなくて、そういうのではないといってもお付き合いはさせていただいてはおりますけれども決してそのような関係ではなくて！」

「あ、あの、すみません、ボク、こんな見た目だけど、あとロックもやってるけど、不良とかじゃないんで！　有葉《あるは》を悪の道に引き込んだりは……ああっ、ロックを布教したりはしてるけど、セックスもドラッグもないから！　勉強会だから！」

僕はよくわからない方向に慌てる衣緒花《いおか》と三雨《みう》を前にして、溜息《ためいき》をついてしまう。落ち着いてほしい。

「ふふ、元気なお友達ね」

そんな狼狽《ろうばい》を、姉さんは微笑《ほほえ》ましそうに見つめている。

そこにドアを開け締めする音がして、ロズィが姿を現した。

「はー、すっきりした。……あれ？　イオカ？　髪結んでるの珍しくない？」

ロズィはきょとんとした顔で姉さんの後ろ姿に、そう声をかける。

そして振り向いた姉さんを見て、驚いた顔をする。

「あれ、イオカじゃない。誰、この人」

僕は三回目になる同じ説明をロズィにし、そしてロズィを姉さんに紹介する。

「へー、カレシお姉ちゃんいたんだっけ」

「そのカレシっていうのやめません⁉」

「いいじゃん別に。今もうカレシなんでしょ？」

「そ、それだけだと有葉《あるは》くんが二股かけてるみたいじゃないですか！」

「ロズィはいつでも歓迎だけどねー」

「私を倒してからにしてください」

「こわ！　ラスボス！」

そんないつものやりとりに、僕はあきれられてはいないだろうかと姉さんの顔色をうかがう。

「ロズィちゃん……って言ったわね」

しかし姉さんは、思ってもみない表情をしていた。

ロズィの顔を見て、深刻な表情で眉を寄せている。一瞬、部屋の温度が下がったかのような錯覚にとらわれる。その声の響きは、冬の金属みたいに冷えきっていた。

「え、そうだけど」

ロズィはそんな変化に気づかずに、気の抜けた顔をしている。しかし姉さんの真剣な面持ちは変わらない。

「カーテン」

「姉さん？」

「カ、カーテンを閉めて、有葉《あるは》」

僕は走ってリビングを横断すると、言われた通りにカーテンを引く。光は遮られ、一気に部屋は薄暗くなる。衣緒花《いおか》と三雨《みう》が、何事かと顔を見合わせている。

そして姉さんが、動いた。

ロズィを突き飛ばし、壁にぶつける。そのまま逃げ場を失った彼女の懐《ふところ》に踏み込むと、左手で首を壁に押さえつけた。

「ぐえっ、な、なに⁉」

彼女の長身が、昆虫の標本のように縫い留《と》められる。そして姉さんはそのまま、鼓動に耳を澄ませるように、胸に耳を当てた。ロズィは抵抗しようと暴れるが、びくともしない。

「じっとして。あなた、願っていること、あるでしょう」

「え、な、なに⁉」

「言いなさい」

「わ、わからないよぉ！」

「自覚症状なし、ね。見たところ、肉体の変化もなし。うーん、とすると――」

姉さんはロズィを拘束したまま、もう片方の手を服の中に突っ込んだ。めくれあがった裾からは、白い肌とへそが覗《のぞ》いている。

「やっ、なっ、んっ、なにしてるの⁉」

「ここじゃない……だとすると……このへんかしら？」

そのまましばらく服の中をまさぐっていたかと思うと。

姉さんは、その手をゆっくりと引き抜いた。

「あ、ああああああああ！」

ロズィの悲鳴が響き渡る。

服の下から引き抜かれた姉さんの手には。

なにか黒い影が、握られていた。

「まさか……悪魔⁉」

「うそ、ロズィちゃん……⁉」

衣緒花《いおか》と三雨《みう》は、抱き合って身を固くしている。

僕は混乱していた。あの黒い影は、間違いなく悪魔だ。ロズィに、悪魔が憑《つ》いている。いや、驚くべきなのはそれだけではない。

姉さんは、見ただけでそれがわかった。

そして、多分、祓おうとしている。

「やっぱり、か。うーん、どうしようかな……これは今剝がしちゃってもいいかしらね」

でも、それは僕の知らない方法だった。

佐伊《さい》さんはこう言っていた。

悪魔を祓《はら》うには、願いを叶《かな》えること。

そして僕は言われた通りにしてきた。衣緒花《いおか》の炎を鎮《しず》め、三雨《みう》の獣を追い出した。これは明らかに、違うやり方だ。こんなふうに悪魔を祓《はら》えるなんて、僕は知らない。聞いていない。

いや、けれど姉さんだって研究者だ。任せておけばいいのではないか。

「ひ、ぐ……う……」

ロズィは引きつった顔で涙を流し、体は痙攣《けいれん》している。内蔵を引きずり出されているようにさえ見える。それが痛みによるものなのか、それともなにか別の反応なのか、外からは判別がつかない。正常なのか、異常なのかも。

けれど、たとえ、正しいとしても。

僕は。

「待って、姉さん！」

「なに、有葉《あるは》？」

「その、これ、大丈夫なの？　僕が知ってるのと、違うんだ。佐伊《さい》さんに聞いたのとは……」

姉さんはその手を止めて、静かに微笑《ほほえ》んだ。

「そう……佐伊《さい》ちゃんはちゃんと自分のやり方を通してるのね。よかった」

そしてパッと手を離すと、黒い影はまるでゴムのようにビュンとロズィの中に戻る。その反動を受けたかのように、ロズィはその場に倒れた。

「ロズィ！　大丈夫ですか!?」

「ロズィちゃん！」

衣緒花《いおか》と三雨《みう》が駆け寄って、彼女を助け起こす。しかし、その表情は苦悶《くもん》に歪《ゆが》んだまま、目を覚ますことはなかった。

「どういうことなの、姉さん」

「見ての通りよ。その子、悪魔に憑《つ》かれてる」

「そうじゃなくて！　姉さんは、なにをしようとしたの⁉」

姉さんは小さく溜息《ためいき》をつくと、大きな窓に向かって歩き出した。閉じてあったカーテンを開いて、レバー状の鍵を操作して窓を開けると、密閉容器を開けたみたいな音がする。僕が衣緒《いお》花《か》を振り向くと、彼女は目を合わせて小さく頷《うなず》いた。

姉さんは僕用に置いてあったスリッパを履いて、ベランダの手すりに体を預けていた。ゆるくまとめられた髪が風に揺れている。僕は衣緒花《いおか》用のスリッパに足を押し込むとあとに続き、後ろ手に窓を閉めた。

姉さんの横に並ぶと、逆巻市《さかまきし》の景色が広がっていた。灰色の建物のあいだに時折緑が混じる、なんということのない風景。姉さんと並んでそれを見ていることが、なんだか不思議に思える。

僕のほうを見ないまま、姉さんはポケットから、小さな箱を取り出した。黒地に赤い文字が書かれた不吉なデザインの箱からタバコを取り出すと、口にくわえる。僕はその姿に驚いてしまう。

「……姉さん、タバコ？」

「有葉《あるは》はマネしないでね」

「ちょ、ちょっと、ダメだよこんなところで吸っちゃ！」

姉さんは返事の代わりににっこり微笑《ほほえ》むと、僕を無視して取り出したライターでタバコに火をつけた。人差し指と中指の奥に挟んだタバコを姉さんが吸うと、紙と葉が燃える小さな音がして、苦味と甘味を含んだ匂いが漂ってくる。

僕はそのときはじめて、姉さんの匂いが変わっている理由に気づいた。

片目が覆われたその表情は、僕の知らない姉さんだった。考えてみれば当然かもしれない。あれから3年も経《た》っているのだ。そのあいだ世界中を旅してきたというのだから、習慣のひとつやふたつ、変わっていてもおかしくはない。

姉さんはふぅ、と煙を吐くと、静かに話をはじめた。

「……研究者には専門があるわ。私も佐伊《さい》ちゃんも、悪魔について研究している。でも分野は少し違うの。佐伊《さい》ちゃんの専門は、思春期における自然的な悪魔憑き。だからあの子は学校の先生になったし、できるだけ自然な形で悪魔を祓《はら》おうとした」

「佐伊《さい》さんは……だから僕たちに祓《はら》わせた、ってこと？」

「ええ。祓《はら》われる側に極力負担がないように、ね」

「じゃ、姉さんは――」

「私の専門は、儀式と契約による悪魔の支配。召喚した悪魔に代償を捧《ささ》げて願いを叶えさせる、

のが、私のやり方。佐伊《さい》ちゃんとは真逆と言ってもいいかしらね。佐伊《さい》ちゃんのやり方が青春だとするなら、言うなればお姉ちゃんは――大人、かな」

そう言って、姉さんはもう一度タバコを口に当てた。手のひらが顔を覆って、表情は見えにくくなる。

「そういうわけだから。これ吸ったら、祓《はら》っちゃうわね」

しかし、それだけでは僕は納得できなかった。

「ねぇ。自然な形って、姉さん言ったよね。佐伊《さい》さんがそうするのには、なにか理由があるんじゃないの？」

「ふぅん。なるほど。いい質問ね」

姉さんはそう言って、ポケットから取り出した金属製の携帯灰皿に灰を落とす。

「悪魔を支配するには、契約が必要よ。そして契約は、代償を捧《ささ》げることによってなされる。他人に言うことを聞いてもらうためには、報酬が必要。世界の摂理、大人のルールよね」

「代償……」

口の中で、僕はその言葉を繰り返す。よくない響きだ。

「召喚儀式を経て喚《よ》び出した悪魔に言うことを聞かせるのはすごく難しいんだけど……自然発生的な悪魔を祓《はら》うのは、実はかんたんなの。あっちが勝手に来ているだけだから、その元を断てばいいだけ」

「元って、願いのこと？」

「そう。願いを捧《ささ》げればそれでいい。契約における代償は永久に失われる。願いそのものが消え、どんな願いを持っていたか思い出せなくなる。もちろん、ちゃんとした専門家による儀式は必要だから、素人《しろうと》がすぐにできるというわけではないけれど」

「でも、そうしたら願いはもう、叶《かな》わなくなるんじゃ……」

「分不相応な願いがあるから、悪魔が現れるのよ。最初からなかったことになればそれでいいと思わない？」

「それは……」

「悪魔の願いを特定して自分の力で叶《かな》えることで祓《はら》うのは、あまりにもリスクが高いわ。悪魔に憑《つ》かれた状態を放置することになるし、本当に特定できるかもわからない」

姉さんが吐いた苦い煙は、風に流れて空気の中に溶けて消えていった。

「佐伊《さい》ちゃんとは、そこだけは考えが合わないのよね。でもまあ、今回は私もそれを当てにしたわけだけど……」

その理屈を、僕は理解できる。理解できてしまう。悪魔は願いに引き寄せられている。ならその願いを食べさせれば、そもそも悪魔がそこにいる理由もなくなる。もっともシンプルな解決方法だ。

「有葉《あるは》。これまでずいぶん大変な思いをしたでしょう。あなたがそうなってしまうのは、仕方がないけれど……これ以上、誰かのためになにかをしなくてもいいのよ。あなたがこれ以上傷つくことなく、無事大人になること。それが私の願いなのだから」

僕は振り向いて、室内に目をやる。床に倒れたままのロズィを心配そうに覗《のぞ》き込む、衣緒花《いおか》と三雨《みう》の姿が見えた。

何度考えてみても、どうにも座りが悪かった。

もしロズィの願いが、どんなものだとしても。

願いそのものを忘れてしまえばいいなんて、そんなことはないはずだ。

「……ごめん、姉さん。どうしても納得できない」

「今、なんて？」

「納得できないんだ」

僕ははっきりとそう述べた。姉さんは片方だけの目を丸くして驚いている。

「姉さんに比べたら、素人《しろうと》かもしれない。でも、僕だって佐伊《さい》さんに習って、ふたりを祓《はら》ったエクソシストだ。三雨《みう》のほうは実質衣緒花《いおか》が祓《はら》ったみたいなものだったけど……とにかく、ロズィに悪魔が憑《つ》いているっていうのなら、僕がなんとかする」

姉さんは眉を寄せてタバコに口をつけると、しばらく考え込んでいた。

「そんな必要はなさそうだけれど……別に損はしないか……」

「姉さん？」

灰が落ちる寸前で、姉さんは携帯灰皿にタバコを放り込む。

「わかったわ。なら祓《はら》ってごらんなさい。お姉ちゃんが見守ってあげましょう。ただし、もし祓《はら》えなかった場合は、私が対応する。それでいいかしら」

「うん。それでいい」

僕が室内に引き返そうとすると、衣緒花《いおか》が心配そうにこちらを見ていることに気づく。窓を開けると、衣緒花《いおか》がしがみついてきた。

「有葉《あるは》くん！」

「大丈夫。今相談して、僕が祓《はら》うことにしたから」

「大丈夫、なんですか？　それって」

衣緒花《いおか》が姉さんに目をやり、姉さんは笑って答える。

「ええ。私の弟は――あなたの恋人は、優秀だもの」

「こっ……」

「余計なこと言わないでよ姉さん！」

胸に顔をうずめる衣緒花《いおか》が真っ赤になっていることは、見なくてもわかる。離れたところでロズィについている三雨《みう》が、やれやれ、と肩をすくめるのが見えた。

衣緒花《いおか》と一緒に家に入ると、僕はロズィの様子を見た。横たわる彼女は、苦悶《くもん》の表情を浮かべている。

「有葉《あるは》、大丈夫？」

心配そうに聞いてくる三雨《みう》に、僕は無言で頷《うなず》く。それを聞いた姉さんの声が後ろから響いた。

「ちょっと魂がショックを受けているだけだから。すぐ目を覚ますわ」

それだけ言うと、くるりと衣緒花《いおか》に向き直り、今までが嘘《うそ》のように明るくおどけた調子で、いかにもお姉さんという顔をする。

「それより衣緒花《いおか》ちゃん。あなた、悩みごとがあるでしょう」

「えっ、悩みごと、ですか？」

姉さんはちらりと僕を見ると、困惑する衣緒花《いおか》の耳元で、なにかをささやく。

「そっ、それは、はい、悩んでますけど、でも、なんで――」

「だって私は、あの子のお姉ちゃんだもの」

「おっ、お姉さん！　よろしくご指導ください！」

なぜか衣緒花《いおか》が姉さんに熱っぽい視線を送り、ふたりはスマートフォンを取り出して連絡先を交換している。

姉さんが衣緒花《いおか》に向かって目を閉じてみせたのが、ウィンクだったのだと気づいたのは、しばらくしてからのことだった。

第3章 6駅12分のラプンツェル

あとはよろしくね、と言い残して姉さんは出ていき、できることがあったらすぐ言ってね！と心配しながらも三雨《みう》は家に帰った。ぐったりと横たわったままのロズィを衣緒花《いおか》と協力してベッドに運ぶと、僕たちは並んで一息つく。

「まさか、ロズィまで憑《つ》かれてしまうなんて……」

「びっくりしたね……」

うつむいて不安そうにこぼした衣緒花《いおか》に、僕はそう返す。

単なる勉強会のつもりが、こんなことになってしまうなんて。

「姉さん、なにか変なこと言ってなかった？」

さっきのやり取りが気になって、僕はそう聞いてみる。

「……なんのことですか？」

「わかりやすく間を置いたね」

「なんでもないです。でも有葉《あるは》くんのお姉さん、いい人ですね」

「なにを聞いたのか不安になる返事だけど」

「もう！　私のことはいいんです！　そんなに大事なことじゃありませんので！」

気になりはしたが、なんとなく想像はつく。おおかた僕についての話だろう。共有するほどの情報があるとは思えないが、衣緒花《いおか》にとっては貴重なものなのかもしれない。僕だってもし衣緒花《いおか》に姉がいたらちょっと話を聞いてみたいから、わかる気はする。知られたくないことがあるわけでもないし。ない、と思う。多分。

「それより……有葉《あるは》くんはお姉さんと、どんな話をしていたんですか？」

やがておずおずと衣緒花《いおか》はそう切り出す。確かに、そっちのほうが重要だ。

「うーん……」

少し考えてから、僕は答える。

「……悪魔の話だよ」

「そっちこそなんですか今の間は」

「いや、複雑な話だったから、どこをどう話そうかと思って」

姉さんはロズィの悪魔を、彼女の願いもろとも引き剝がそうとしていた。

そのことがどうしても言い出せなくて、曖昧な言い訳をしてしまう。

「とにかく、僕が祓《はら》うことになったから」

「有葉《あるは》くん、一緒にがんばりましょうね。私たちなら、きっと祓《はら》えます！」

僕の手に、衣緒花《いおか》の手が重なる。思いがけない体温に、僕は思わず手を引いてしまう。

「待ってよ。一緒にやるつもり？」

「当然でしょう！　だって私たち――」

「そんな事している場合じゃないよ」

「でも！」

「僕は君に夢を叶《かな》えてほしいんだ。世界一のモデルになるんでしょ」

「そ、それはそうですけど！」

「なら、悪魔なんか祓《はら》ってる場合じゃない」

「だからって！　なんでもかんでも有葉《あるは》くんにばっかり！」

「僕はいいんだ。それに、衣緒花《いおか》は危険なんだよ」

「それは三雨《みう》さんのときも一緒だし、有葉《あるは》くんだって同じでしょう」

「違うんだ。多分――」

「多分、なんですか？」

うっかり余計なことを口走ってしまう。

実は、ロズィの悪魔について、僕は気づいていることがある。

けれど、これはまだ推測だ。

衣緒花《いおか》には言えない。

「私、そんなに頼りないですか……？」

僕が言葉を飲み込んだことを敏感に察してうつむく彼女に、僕は慌てる。

「そうじゃなくって」

しかし僕の弁明は、背後から聞こえた唸《うな》り声に中断された。

「うーん……」

「ロズィ！　大丈夫？」

「ロズィ、気がついたんですね！」

僕と衣緒花《いおか》が同時に呼んだ名前は空中でぶつかって、当の本人が体を起こす。

「あれ、ロズィ寝ちゃった？　……勉強大変すぎて、おトイレ行って、カレシのお姉ちゃんが来て――」

そこまで思い出すと、ロズィの顔色が変わった。

「――あ！　あの、あれ、なに⁉　どうなったの⁉　ロズィのお腹《なか》からなんか出てたよね⁉」

「落ち着いて聞いて、ロズィ。君は悪魔に憑《つ》かれているんだ」

「あ、悪魔って、あの悪魔？　でも、ロズィ、正直者だもん。正直者に悪魔は憑《つ》かないんじゃないの⁉」

「それはそうだけど、でも、あれは間違いなく悪魔だった。僕はこの目で見たんだ」

確かに、奇妙ではあった。

ロズィは家族が悪魔に憑《つ》かれたことがあったと言っていた。それが僕たちが出会った悪魔と同質のものであるかはわからないけれど――だから正直でいるようにしているのだと、そう言っていた。そして実際、彼女の態度はずっと素直であり続けているように見える。衣緒花《いおか》を陥《おとしい》れようとしたときでさえ、自力で物事を成就《じょうじゅ》させようと行動した。

果たしてそのロズィに、どんな悪魔が憑《つ》くというのだろう。

「……ロズィ、大丈夫なの？　死んじゃったりしない？」

「僕がそんなことにはさせない。絶対に祓《はら》うから」

心細そうにうなずく彼女を見て、この子はまだ中学生だったなと思い出す。僕から見れば、妹と言ってもいい年齢だ。そんな子が願いを奪われてしまうなんて、やっぱり僕には納得できない。

気になることはあるが、僕が不安に思っている場合ではないのだ。

「そっか」

だからそう短く言ってうなずくロズィを見て、これでよかったのだと、僕は思った。

僕はベッドから起きたロズィに荷物をまとめさせると、玄関で一緒に靴を履く。

「じゃ衣緒花《いおか》、僕はロズィを送っていくから」

しかしロズィは口を尖《とが》らせて反論する。

「別にいいもん。ひとりで来たんだからひとりで帰れるし。カレシはイオカとこのあとイチャイチャするんでしょ」

「しない！」

「しません！」

再び声が空中でぶつかって、僕と衣緒花《いおか》は顔を見合わせてしまう。

「もー息ぴったりじゃん。ケッコンしなよ」

ケラケラと笑うロズィに、衣緒花《いおか》は咳払《せきばら》いをすると、片方の眉を吊《つ》り上《あ》げて胸を反らせた。

「まあ、そのようなことも？　将来的には考えていなくはありませんが？　これから世界一になるモデルの隣に立つにふさわしいかどうかは？　もう少し時間をかけた検討が必要かなと？思っていますが？」

「えっ」

「なにがえっ、ですか！」

思わず声を漏らしてしまった僕を衣緒花《いおか》が叱る。

「ねーカレシ、この恐竜オンナに愛想《あいそ》尽きたらロズィのとこ来なよー」

ロズィはそう言って、僕の腕を取ってしなだれかかる。とはいっても彼女のほうが背が高いのでずいぶんアンバランスな形になるが、衣緒花《いおか》にとってはそんなこと関係ないようだった。

「離れてください！　しっしっ！」

「えーいいじゃんちょっとくらい。友達でしょ、シェアしようよ」

「普通友達は彼氏をシェアしたりしません！　有葉《あるは》くんも有葉《あるは》くんです、触られそうになったら反撃するくらいのことは――っ！」

衣緒花《いおか》はそこで言葉を区切った。いや、正確には、動きを止めた。その視線は、窓の外に釘《く》付《づ》けになっている。

「どうしたの？」

「あれ……！」

その言葉に、僕は振り向く。

大きな窓の、ガラスの向こう。

そこに、黒い影があった。

「あれは！」

僕はロズィを振りほどくと、走って窓を開ける。ガラガラとサッシをスライドした窓がバンと跳ね返るころには、その黒い影はどこかに消えてしまっていた。

「衣緒花《いおか》、見たよね？」

「見ました」

「え、なんかあった？」

ロズィはきょろきょろとあたりを見回している。僕と衣緒花《いおか》は、確かにあの影を見た。しかしロズィには見えていない。

「犬、だったよね」

「はい」

衣緒花《いおか》は頷《うなず》く。ここはマンションの11階だ。犬がベランダにいるわけがないし、消えるわけもない。すなわち。

「ロズィの悪魔……ってことか……」

衣緒花《いおか》に悪魔がついていたとき、彼女にはトカゲが見えていなかった。今ロズィにあの影が見えていないのは、ロズィが憑《つ》かれている本人だからだろうか。

問題は、なぜ今現れたかだ。

気のせいかもしれないけれど、あの犬。

衣緒花《いおか》のことを、見ていたような気がする。

だとしたら、いろいろな可能性を考えなくてはならない。

たとえばあの悪魔が、なんらかのかたちで、衣緒花《いおか》を狙っている、とか。

考えたくはない。

なぜならそれは、ロズィの願いが、衣緒花《いおか》に向けられていることを意味するからだ。

僕は考える。ここに残るべきか、それともロズィを連れてここから出るか。

もし悪魔が――ロズィの願いが衣緒花《いおか》に向けられているのなら、ここにロズィはいないほうが衣緒花《いおか》の安全に繫《つな》がる。

「ロズィ、もう帰ったほうがいい」

「ねぇねぇ、やっぱり3人でお泊まりしない？　ロズィ準備してきたよ？」

「しないよ！　悪魔に憑《つ》かれてるんだよ⁉」

「さ、3人はダメです！」

「えー。三雨《みう》のときは喜んでたじゃん」

「それとこれとは話が別ですから！」

「ちぇっ。ならやっぱ帰る。じゃーね！」

ロズィはそう宣言して立ち上がると走って玄関の外に出てしまう。

「あっ、待って！　はぁ……先が思いやられるな」

まあ、ロズィらしいといえばロズィらしい。本人の言ではないが、これくらい自分に素直であれば、悪魔もすぐ祓《はら》えそうな気がしてくる。

「僕も行くね」

しかし背を向けた僕の服の裾を、衣緒花《いおか》の手が掴《つか》む。

「……あの、有葉《あるは》くん」

「なに？」

「今日はそのまま家に帰りますよね？」

「うん。姉さんもいるし……ごめん。でも、明日の朝はちゃんと来るから」

それを聞いて、衣緒花《いおか》は手を離すと、両手をぶんぶんと振った。

「いえ！　せっかくお姉さんも帰ってきたわけですし、しばらくは久しぶりに家族水入らずで過ごしてください！　また悪魔を祓《はら》わないといけなくなったのに、こんなこと言うのもなんですけど……」

「でも、衣緒花《いおか》はこれから忙しくなるんじゃ」

「いいですから！　私は大丈夫ですから！」

「本当に？　ゴミ自分で捨てられる？」

「最近はがんばっていたじゃないですか！」

「どうかな……努力は認めるけど……」

僕は言いよどんでしまう。きっと姉さんは、僕と過ごしたいと思っているだろう。でも、僕には衣緒花《いおか》の夢を叶《かな》える手伝いをするという使命がある。この場合、どっちのほうが強い願いなのだろうかと、一瞬考えてしまった。

けれど衣緒花《いおか》はその逡巡《しゅんじゅん》を自分に対する遠慮だと受け取ったのか、玄関のドアに目をやりながら言う。

「それに、ロズィは大事なライバルですから。あの子になにかあったら、私、張り合いがありません」

それが彼女の本心であることを、僕はよく知っている。衣緒花《いおか》がそう言うのなら——彼女がその願いを叶《かな》えるためにロズィの悪魔を祓《はら》うことが必要だというのなら、今はそちらを先に解決すべきなのかもしれない。

「……わかった。なにかあったらすぐ連絡して。いつでも来るから」

「ふふっ」

僕の言葉を聞いて、衣緒花《いおか》が吹き出したのを不思議に思う。

「いえ、清水《しみず》さんみたいだなって」

「ごめん、煩わしかったら、別に――」

「そうじゃなくて。ありがとう、有葉《あるは》くん」

「……うん。がんばってね」

そう言って、玄関のドアを閉める。

あたりを見回すと、ロズィが遠くのエレベーターのところに立っているのがわかった。こちらに気づくと、ぴょんぴょん飛び跳ねながら手を振って、高い身長がなおさら高く見える。やれやれと思いながらそちらに歩いていく途中で、ひょっとしてエレベーターをずっと止めていたのでは、ということに思い至り、思わず小走りになってしまった。

ロズィと一緒にエレベーターに乗って、1階のボタンを押す。分厚い機械式の扉が閉まり、さっきまで立っていた床が頭上に消えていくのを見ながら、僕は別《わか》れ際《ぎわ》に手を振る衣緒花《いおか》の顔を思い出していた。

どうして彼女は、あんなに不安そうな表情をするのだろう。

それがロズィに悪魔が憑《つ》いたせいだけではないことを、僕は知っている。その前から衣緒花《いおか》はときどきそういう顔をしていた。

僕は隣のロズィの顔を見る。彼女はエレベーターのオレンジ色に光る階数表示を見ながら、口の中で数字を数えていた。悪魔のせいでないなら、ロズィのせいだろうか。彼女が僕と衣緒《いお》花《か》の関係を、僕への好意をほのめかしてからかうのが嫌なのだろうか。

いや、多分、僕のせいだ。

本当は不安に思うことなどなにもないはずだ。僕は衣緒花《いおか》を見ていると約束した。その約束を、僕は守る。見捨てたり、見限ったりしない。絶対に。

でも、それだけではきっと足りないのだろう。僕が約束を守るためには、きっとまだ必要なものがあるのだ。僕が衣緒花《いおか》にしてあげられることが、まだ。

それがなんなのか思いつく前に、カウントダウンは終わる。

地上に着いた僕たちは、重い音を立てて開くエレベーターを降りた。

■

ロズィの家は、衣緒花《いおか》の住む家からさほど遠くない場所にあった。スマートフォンを見ると、

6駅12分と書かれている。僕たちはＩＣ乗車券をかざして改札を通ると、黄色いラインが引かれた電車はすぐに到着した。迷彩のような柄が入った座席に並んで腰を下ろすと、それを合図にしたかのように、電車は揺れながら動き出した。

人のまばらな車内で、ロズィは長い足をぶらぶらとさせながら体を揺らしている。混んでいたら邪魔だと注意するところだったが、あまり人がいないので大目に見ることにした。

「ロズィ」

「ん、なに？」

「願いに心当たりはあるの？」

飾らず、回り道をせず、まっすぐにそう聞いてみる。

ロズィは学校の様子でも聞かれたような気軽なトーンで答える。

「わかんない。あったら言ってるし。イオカがムカつくときはムカつく！　って言うし、ミウがスキって思ったらスキ！　って言うし」

「まあ、そうかな……」

「ミウはカレシのこと好きなのに、うまく言えなかったから悪魔に憑《つ》かれたんでしょ？　ロズィだったらすぐ言うもん。好きって」

「身も蓋もない。そんな単純なものじゃないよ、人の心っていうのは」

「それってマインドのこと？　それともハート？」

「どういうこと？」

「マインドは、なんか考えてるって感じ。ハートは、んー、気持ち？」

僕は考え込んでしまう。確かに、英単語にそんなようなことが書いてあったような気もする。精神《マインド》と心《ハート》。考えるものと、感じるもの。悪魔に作用しているのは、どっちなのだろう。両方のような気もするし、いずれも違うような気もする。

「ロズィはどっちだと思うの？」

「わかんないけど、ハートのほうが大事じゃない？」

「どうだろう……」

「ロズィの言うことだいたい合ってるよ」

「それはどうかな」

思い込みによって衣緒花《いおか》を引きずり下ろそうとした前科については、まあ追求しないでおこうと思う。

それにしても、ハート、か。

できるだけ正直にするようにしている、とはロズィが前も言っていたことだ。それが悪魔に憑《つ》かれない秘訣《ひけつ》なのだと。確かに説得力がある。だが、そんなロズィが現に悪魔に憑《つ》かれてしまっていることも事実なのだ。

しかし、奇妙ではある。

衣緒花《いおか》、三雨《みう》、そしてロズィ。僕の身の回りだけで、もう3人目だ。

いくらなんでも、多すぎやしないだろうか？

隣に人が乗ってきたので、僕たちはしばらく黙ったまま電車に揺られた。ロズィも脚を綺麗《きれい》に畳んで、長身をコンパクトに収めている。どうも彼女は、周りが見えていないというわけではなく、見えている上で無視しているところがある。と、思ったら、僕のほうに必要以上にきゅっと詰めてきた。少し見上げた彼女の顔には、いたずらっぽい笑みが浮かんでいる。そう、だいたいわかってやっているのだ、ロズィは。

そのロズィにもわからない願いを、僕はこれから突き止めなくてはならない。

駅に着くと飛び跳ねるようにして車両を降りるロズィを追いかけて、僕は改札を出た。

逆巻駅《さかまきえき》から6駅程度では、景色はさして変わらない。駅と融合したショッピングモール、そして無機質な鉄とガラスでできたオフィスビル。ほんの少しそのディティールが変わるだけだ。

その中を、ロズィは慣れた足取りで抜けていく。

「でもさー、ちょっとびっくりしたけど、考えてみれば悪魔に憑《つ》かれてよかったかも」

「よくないに決まってるじゃないか」

「だって悪魔に憑《つ》かれたら、カレシがデートしてくれるんでしょ？」

「曲解にもほどがある！　僕は純粋に君を心配して――」

「そしたらツーショの自撮りしてイオカにマウント取っちゃお！　喜ぶぞーイオカ」

「どこに喜ぶ要素があるの……？」

「えー？　イオカ、いつも喜んでるよ？　バトル好きだもん」

「そんな対戦ゲームみたいな」

ロズィは煽《あお》るのではなく、本当に不思議そうにして首をかしげる。

僕はもう一度反論しようとするが、なんだか言われてみるとそんな気もしなくもなかった。もしかしたら、ロズィのほうが僕より衣緒花《いおか》のことをよほどよくわかっているのかもしれない。

それは単に、モデル仲間として顔を合わせながら仕事をしているというだけではない。ロズィには不思議な直感がある。そんな彼女が悪魔に憑《つ》かれてしまうなんて、やっぱり信じがたかった。いや、だからこそ、自分のことには鈍感ということもあるのかもしれないが。

「……その、さ。本当に、願いに自覚はないんだよね？」

「なんで？」

「いや。ないならいいんだ。また、改めてちゃんと話そう」

僕は佐伊《さい》さんの言っていたことを思い出す。肉体の変化には、願いとの距離感が関係していると。すなわち、願いを自覚し受け入れているならば、体にも変化があるはずだ。三雨《みう》のように。そうなっていないということは、隠しているのではなく、本当に自覚はないのだろう。

だが、もし僕の考えが正しければ、ロズィは——

「じゃ、デート、楽しみにしてるからね」

「だからデートじゃないって……」

頭を抱える僕を振り向くと、ロズィはひとつのビルを指差す。

「ロズィのおうち、ここ！」

「ここは……」

それはまるで塔のようにそびえる、巨大なマンションだった。直下から見上げると、上のほうは霞《かす》んで消えていくようにさえ見えた。最低でも30階はある。いったいどんな人が住んでいるのだろうかと不思議に思う。

小走りにその中に消えていこうとするロズィを見て、僕は少し考えを改める。

オオカミのような野生児だと思っていたが、実はお姫様なのかもしれない。

僕は揺れる彼女のショートカットの先に、どこまでもたなびく長い髪を幻視した。

■

「はーっ……」

家に帰ると、自然と息が漏れた。

友達との勉強会に姉さんを連れていったら悪魔憑《つ》きが見つかった。

言葉にすればそれだけだが、事実としてはあまりにも重い。しかも僕はロズィの願いを背負って、エクソシストとしてこの手で悪魔を祓《はら》わなくてはならないのだ。

けれど、僕は正直なところ、少しだけ高揚してもいた。それがなぜなのか、自分でもうまく説明できない。

考えながら靴を脱ぎ、居間に顔を出した僕を、姉さんが出迎える。

「あら、おかえりなさい」

姉さんはソファに座って、なにやら分厚い古い本を開いていた。見えている片目がにっこりと細められる。

僕はそのことに、感動する。

家に帰ってきたとき、おかえりなさいと言ってくれる人がいることに。

そして姉さんが、家でくつろいでいることに。

まだ帰ってきてたった数日にすぎないけれど、姉さんはすっかり生活を取り戻していた。もともと自分のものが多い人ではなかった。スーツケースに入れて持ってきたものの他には日用品をまとめて買えば、それだけで最初から姉さんはここにいたみたいになる。洗面所に並ぶ歯ブラシや、お風呂《ふろ》場の新しいシャンプーを見るたび、僕はなんだか安心するのだった。

姉さんの部屋は、あのときからずっとそのままになっていて、僕がときどき掃除もしていたから、すぐに使えた。僕たちは同じ家で眠り、起き、そして食事をした。

3年。

その歳月を取り戻すように、僕たちは姉と弟だった。

とはいえ、僕たちはもうただの姉と弟ではない。海外から戻った悪魔の研究者と、その研究者から友達に憑《つ》いた悪魔を祓《はら》うことを引き受けたエクソシスト見習いでもある。

「深刻な顔ね。大丈夫だった？」

「ぜんぜん大丈夫じゃないよ。悪魔を祓《はら》うんだから」

「そうね。でも有葉《あるは》ならきっとできるわ」

本をぱたりと閉じてテーブルに置くと、姉さんはそう微笑《ほほえ》む。僕はその隣に腰をかけると、体がソファに沈んでいく感覚がした。さすがにちょっと疲れている。でもロズィの悪魔の話は、聞けるときに聞いておきたかった。

「姉さん、見ただけでロズィに悪魔が憑《つ》いてるってわかったよね。願いがなにかは、わかったりしないの？」

「言ったでしょ。私はそっちは専門じゃないもの」

「そっちが専門の人も、そういうのはぜんぜんわかってないみたいだったよ」

「ふふ。でも、これまでの悪魔は佐伊《さい》ちゃんと一緒に祓《はら》ったんでしょ？」

「一緒にっていうのは語弊がある。佐伊《さい》さんなにもしてくれないもん」

「ひどいなぁ、弟くん。こんなに献身的に君たちを支えてきたっていうのに」

そんな声とともに、キッチンのほうから見慣れた眼鏡が顔を出す。

「あ、佐伊《さい》さん。来てたんだ」

「私だって夜見子《よみこ》には会いたかったからね。積もる話もあるさ」

佐伊《さい》さんは両手に持ったマグカップの片方を姉さんに渡すと、もうひとつに口をつけてからテーブルに置いた。中には黒い液体が揺れていて、焙煎《ばいせん》された豆の匂いが漂っている。

「弟くんのぶんはないよ、夜見子《よみこ》のぶんだけ」

「もう佐伊《さい》ちゃんったら、私の弟に意地悪しないでくれる？　ほら有葉《あるは》、お姉ちゃんの半分あげるから」

「えー、じゃ私のやつをまるごと弟くんにあげるから、夜見子《よみこ》のやつを半分わけてよ」

「佐伊《さい》ちゃん損してるじゃない」

「私にとっては得なんだよ」

「僕は飲みたいなんて一言も言ってないんだけど……」

そんなふうに笑い合うふたりに苦笑する。

僕が家族と離れていた時間は、佐伊《さい》さんにとっても親友と別れていた期間だったのだなと思う。正直に言うとそこまではっきりした記憶があるわけではないのだけれど、親密なふたりの距離感からして、姉さんと佐伊《さい》さんの関係に大きな変化はないのだろう。

いつかの佐伊《さい》さんの言葉を借りれば、大親友。

「さて弟くん、私がいないと思ってディスってくれてたみたいだけど、弁明はあるかい？」

「姉さん、佐伊《さい》さんったらひどいんだ。僕に難題を押しつけてイギリスに飛ぶわ、いざというときに気絶したフリはするわ、めちゃくちゃだよ」

「弁明どころかさらに積んでくるね？」

「あら佐伊《さい》ちゃん、そうなの？」

「いやー……ははは……」

佐伊《さい》さんは笑ってあからさまに誤魔化す。もしかしてこの人は、姉さんがいないのをいいことに好き放題していたのではないだろうか。

「まあ、佐伊《さい》ちゃんはエクソシストとしてはちょっと変わってるものね」

「そうなのか……」

なんとなく今日の姉さんの話からするとそんな気がしていたが、やっぱりと納得する。

「考えてもごらんなさい、病気になって、お腹《なか》を開くのが嫌だからって手術を拒んでたらそのまま死んじゃうでしょう？　普通は剝がしてからケアするものよ」

しかし今度は佐伊《さい》さんも言われてばかりではなく、口を尖《とが》らせて反論した。

「夜見子《よみこ》はそう言うけど、だって、かわいそうじゃないか。未来ある少年少女が、悪魔に憑《つ》かれたからって願いをあきらめないといけないなんて」

「佐伊《さい》ちゃんは自然派すぎるのよ。あったかくして安静にしてるだけじゃ治らない病気もあるのよ？　それで志雲《しぐも》先生にも異端認定されて破門されかけたじゃない。悪魔は強力な現象なんだから、ちゃんとコントロールしないと――」

「わ、私だって大変だったんだ！　夜見子《よみこ》がいなくなって……頼れる人もいなくて……」

話しているうちに、佐伊《さい》さんの目には涙がうっすらとにじむ。

「それはそうね。ごめんね、佐伊《さい》ちゃん」

「うん……よかった。夜見子《よみこ》が帰ってきて」

眼鏡を外して、佐伊《さい》さんは目元を拭った。

夜見子《よみこ》がいなくなって、頼れる人もいなくて。佐伊《さい》さんはそう言った。今までそんなこと、考えたこともなかったなと思う。佐伊《さい》さんは確かに研究者で、僕に比べればずっと大人ではあるけれど、だからといって万能でも無敵でもないのだ。

しかし、それはそれとして。

「佐伊《さい》さん、あんなにえらそうにしといてそんな自信ない感じだったの⁉」

「い、いや、自信はあるよ⁉　私だって研究者だし、君たちみたいな子の悪魔祓《ばら》いを専門に研究してきたからね。でもまあ……実践経験がそこまであるわけじゃなかったし……虚勢を張ったのも否《いな》めないかな……」

「お、恐ろしいことを聞いてしまった」

体を震わせる僕を見て、佐伊《さい》さんはふっと表情を緩めた。

「でも私が不安そうにしていたら、君たちはもっと不安だろう？　悪魔に対抗する基本は、あらゆる物事に対して毅然《きぜん》としていることだからね。……でも、私は私のやり方が間違っていたとは思っていないよ。衣緒花《いおか》くんも、三雨《みう》くんも、自分の願いを失わずにいられている。そうできるならそのほうがいいじゃないか」

僕は姉さんに話を聞いてから、佐伊《さい》さんが自分勝手に悪魔祓《ばら》いのメソッドを曲げているのではないかとうっすら思っていた。けれどそれは祓う側の理屈ではなくて、祓われる側のことを考えてくれていたのだということはよくわかった。なんだかんだ、やっぱり佐伊《さい》さんは面倒見がよいのだ。

「まあ、一応私もいざというときはちゃんと引き剝がして祓《はら》うつもりでいたよ。夜見子《よみこ》みたいにうまくはできないかもしれないけど」

その言いように、僕はずっと気になっていたことを聞いてみる。

「姉さんは、すごいエクソシストなの？」

その瞬間、佐伊《さい》さんの顔がパッと明るくなった。

「それはもうすごいなんてものじゃない。君の姉さんはね、天才なんだよ。私は青少年の自然憑依《ひょうい》に対するエクソシズムってニッチな分野が肌に合っていたけれど、夜見子《よみこ》は違う。悪魔研究の本流、召喚と契約魔術が専門だしね。あと数年研究すれば最年少で准教授間違いなしと言われていたんだから！　それがいきなりいなくなって、しかも——」

「佐伊《さい》ちゃん」

「……ごめん」

「もう、あんまり持ち上げられたら恥ずかしいでしょう」

「とにかく、夜見子《よみこ》はすごいんだ」

途中まで聞いていた姉さんが、途中でたしなめるような声を出して、佐伊《さい》さんはしおらしく声のトーンを落とした。

「ぜんぜん知らなかった……」

「いいのよ。有葉《あるは》はなにも知らなくて」

いないあいだ、いったいなんの研究をしていたの。

本当はそう聞こうと思ったのだけれど、姉さんにそう言われてしまうと、それ以上続けられなくなってしまう。きっと姉さんが話さないというのなら、それはきっと、僕が知らなくてもいいことなのだろう。

だとしても、なにも知らなくてもいいというわけではない。

僕はロズィの悪魔を、祓《はら》わなくてはならないのだから。

「姉さん、どうしたらもっとエクソシストとして、うまくやれるかな」

「お友達のこと、助けてあげたいのね」

姉さんの左目が、きゅっと細められる。

「有葉《あるは》ならきっと大丈夫。私の弟ですもの。焦《あせ》らなくてもいいわ。とにかくまず、ロズィちゃんに話を聞いてごらんなさい」

「うん、わかった」

姉さんにそう言われると、なんだかなにもかもうまくいくような気がしてくる。

「姉さん、もうどこにも行かないよね？」

「ええ。ずっと一緒よ。もう二度と置いていったりしない。有葉《あるは》。あなたが、私のたったひとりの家族なんだから」

「うん……」

「疲れたでしょう。少し休みなさい、有葉《あるは》」

そう言われると、急にまぶたが重くなってくる。

深い安心感が、僕を包む。

姉さんがここにいれば、僕は大丈夫だ。

いつも、なにをすればいいか教えてくれる。

落ち着いたら衣緒花《いおか》のことも相談しよう。

きっと姉さんは、冴《さ》えた答えを教えてくれるはずだ。

薄れゆく意識の中で、僕はふと思う。

食事の準備をしなきゃ。ゴミをまとめて、お風呂《ふろ》を沸かして、話し相手をして――

あれ。

それっていったい、誰のためだったっけ。

なんでやらないといけないんだったっけ。

僕は自分の体が、ソファに沈み込んでいくのを感じた。姉さんと佐伊《さい》さんが立ち上がって、窓を開けて外に出ていくのがぼんやりと見える。深刻な顔でなにかを話している。姉さんが取り出したタバコをくわえて火をつけると、佐伊《さい》さんに渡す。佐伊《さい》さんはそれを受け入れて、煙を吐き出す。

佐伊《さい》さんって、タバコ吸うんだっけ？

そういえば、姉さんが帰ってきてから、お菓子食べてるところ、見てないな。

遠くなっていく意識の中で、佐伊《さい》さんが透明な袋に入ったナイフのようなものを持っているのが見えた。

おそらく真鍮《しんちゅう》でできているのだろう、黒ずんだ金色に青緑の錆《さび》がかかっていた。柄と思《おぼ》しきところにはなにやら角の生えた動物が象《かたど》られている。古びた外見とはまるで不釣り合いなジップロックに入った様子は、なんだか犯罪の証拠品みたいだった。あれもバチカンがどうとかいうやつなのだろうか。きっとふたりは研究者にしかわからない会話をしているのだろう。

複雑な軌跡を描くタバコの煙と一緒に、僕の意識も、深い闇の中に溶けていった。

第4章　ピラルクはドーナッツではない

数日後、僕は逆巻駅《さかまきえき》でロズィと待ち合わせていた。

駅前に立っていると、なんだか衣緒花《いおか》の悪魔を祓《はら》ったときのことを思い出す。あのときもこうして出かけたのだった。時間より早く来たのに、待ちました、と糾弾されたのを覚えている。まったく理不尽な話だと思ったものだが、今ではその恐竜ぶりにもすっかり慣れてしまった。

いや、慣れたのではない。

僕は理解したのだ。

見た目よりはるかに繊細な彼女にとって、それが自分を守る方法であったということを。

あるいは、不器用な甘えであるということを。

その衣緒花《いおか》とは、あれから連絡を取っていなかった。ここしばらくはずいぶん衣緒花《いおか》の生活に立ち入っていたので、ちゃんとやれているか心配になって様子をうかがう連絡をしてはみたのだが、返事は戻ってこなかった。ところが姉さんに聞いてみたところそちらでは連絡を取り合っているらしく、衣緒花《いおか》ちゃんなら大丈夫よ、と笑って言われた。

僕はそれを聞いて、少し恥ずかしくなってしまった。僕が衣緒花《いおか》を支えていて、僕がいなくなったら困るのではないか——心のどこかにそうであってほしいという気持ちがあったということが、明らかにされた気がして。

姉さんにいったいどんな話をしているのか聞いてみたのだが、衣緒花《いおか》の相談に乗っているだけ、とはぐらかされてしまった。十中八九僕のことを話しているのだと思うし、気になって仕方がないのだが、衣緒花《いおか》も姉さんもなにも言わないということは、それは僕が知る必要のないことなのだろう。むしろ衣緒花《いおか》にとっては、相談できる相手ができたのはよいことなのだと思うことにした。

集中しよう。

今、僕がやらなければならないのは、ロズィの悪魔を祓《はら》うことだ。

そう決意を固めたところで、スマートフォンの通知が鳴る。〈ついた〉と三文字ひらがなが書かれているが、あたりを見回しても見当たらない。

僕が首をかしげていると、急に後ろから声がかけられる。

「わっ！」

「ぎゃっ！」

思わず悲鳴をあげて振り向く。

すると、そこに立っていたのは、大人の女性だった。

薄い生地で仕立てられたネイビーのワンピースは、ほとんどドレスと言っていいエレガントさだった。はっきりと絞られたウェストが、長い手足を際立《きわだ》たせている。細い指先はなにが入るのかわからないくらい小さなバッグのハンドルを支えていて、脚の線はシンプルな高いヒールの靴へと流れていく。耳元にはイヤリングが揺れ、唇ははっきりした色に彩《いろど》られていた。髪は上のほうにまとめられて、上品なシルエットを作っている。その透き通るような色を見て、僕はようやく気づく。

「ロズィ……だよね？」

「びっくりした？」

そのいたずらっぽい、どこかあどけない笑みを見て、ようやく目の前の女性と、記憶の中のロズィが重なってくる。

「したに決まってるじゃないか！」

「やった！　じゃロズィの勝ちね！」

「参加してもいない勝負に負けてしまった」

僕はいつものロズィらしい振る舞いに少し安心しながら、改めて彼女の姿を見る。彼女に流れるヨーロッパの雰囲気とその大人びた服装は互いに共鳴していて、これが本来の姿なのではないかと思ってしまうほどだった。初対面の人がもしここにいたとしたら、絶対に彼女の本当の年齢を当てることはできないだろうと思う。若くても大学生、もしかしたら社会人にさえ見えるかもしれない。

「今日はいつもと雰囲気違うね」

「えー、そんなの当たり前だよ。だって男の子とデートだもん」

「いやこれはあくまで悪魔祓《ばら》いのためのヒアリングであって、デートではないから」

「ま、そゆことにしといてあげよっか！　イオカ怒ったらやだし」

「本当にそうだよ」

衣緒花《いおか》が応援してくれているのはあくまでロズィの悪魔を祓《はら》うことであって、別の女の子とデートすることではない。僕としてもそのラインを譲るわけにはいかなかった。

「でもカレシはちゃんとエスコートしてくれるもんね？」

「残念だけど、夜景が見えるディナーは予約してない」

「えっ、そうなの⁉　じゃごはんってなに食べるの⁉」

「冗談のつもりだったんだけど、どういう世界観なんだ……」

冗談を真顔で返されて、僕は頭を抱えてしまう。

「ロズィもわかんない。はじめてだし」

「はじめてって、なにが」

「デートに決まってるじゃん」

当然のようにロズィはそう言ってのける。僕は一瞬驚くが、しかしすぐに納得する。

それはそうだ。彼女はまだ中学生なのだ。デートどころか、友達と出かけたこともそれほどなさそうなくらいだ。

いきなりエレガントな格好で現れたことにはずいぶん驚いてしまったが、たまたま彼女がモデルで完璧に着こなせてしまっているだけで、はじめてのデートでちょっとがんばりすぎてしまった服装なのかもしれない。そう思えば微笑《ほほえ》ましいと言えないこともない。

そして僕はあの、塔のようにしか見えないマンションのことを思い出す。ロズィの親がどのような生活をしているのか詳しく聞いたわけではないが、僕のエスコートについてはそこまで期待しないでいただきたいものだと思う。いや、そもそも、僕たちがこれから足を運ぶのは、そんなにドレスアップして行くような場所ではないのだが。

「まあいいや。早く行こ！」

そう言って、その大人びた女性は、まるで子供のように走り出す。

「あっ、ちょっと待って！」

「すごい！　カレシがロズィ追いかけてくる！」

「なにに喜んでるんだ……」

「早く捕まえて！」

そう言って跳ねる彼女は、まるでさっきまでどこかに閉じ込められてでもいたのかというくらいはしゃいでいた。綺麗《きれい》に上げていた髪は早くも崩れてしまって、うっとおしそうに解く仕草に、僕はなんだか不思議な気分になってしまった。

彼女はいつも自由だ。今もこうして走り回るくらい。

でも、自由でないからこそ、自由に振る舞いたがるということもあるのかもしれない。

僕は軽く息を整えると、走る彼女を追いかけた。

■

「わー、キレイ！　ね、すごくないこれ？」

話を聞かなくてはならないということで、ロズィがその場所に選んだのは、逆巻水族館《さかまきすいぞくかん》だった。僕は座って話せる場所のほうがいいと提案したのだが、暗いほうが落ち着いた気持ちになるからと言われてなんとなく納得してしまった。今思えばあれは僕を水族館に動員するための単なる口実に間違いない。まあ、行き先を決めるというのは僕のもっとも苦手な分野なので、いずれにしてもロズィに言われるがままの場所に足を運んでいただろう。

駅のすぐ近くにある商業ビルの上層階を使ったこの水族館は、ごく最近できたものだと聞いている。チケットを買って中に入ると、小さな水槽が幾つも並び、そこに合わせた小さな魚がたくさん泳いでいるのが目に入った。説明を読む限り、逆巻川《さかまきがわ》にいる生き物を展示しているらしい。色合いはうっすらと赤みがかったグレーの魚ばかりでお世辞にも派手とは言えなかったが、水槽に張りつくロズィの感動に水を差したいわけでもないので、その感想はそっと胸にしまっておくことにした。

一方で、ドレスアップしたロズィは、やっぱり水族館には不釣り合いな感じだった。衣緒花《いおか》が神経質すぎるほどに場に合ったコーディネートにこだわるのを見てきたために、ロズィがそんな服を着てくるのは意外だなと改めて思う。モデルといってもいろいろなタイプがいる、ということだろうか。

「カレシは来たことあるの？」

「逆に聞くけど、あると思う？」

「なさそう！」

なにがおかしいのか、ロズィはケラケラと笑いながらそう言った。

「ロズィね、ずっと来たかったんだー。でも誰も一緒に来てくれなくてさー」

「衣緒花《いおか》と三雨《みう》は？」

「イオカは服に関係ないからって来てくれないし、ミウはおさかな苦手なんだって」

「なるほど……」

僕は妙に納得してしまう。

なんとなく他に親しい友達がいなさそうなことは察していた。そうでなければ、わざわざ中学棟から僕たちの教室まで毎日遊びに来たりはしないだろう。彼女は容姿も性格もあまりにも目立つし、うまく馴染《なじ》めなかったとしても不思議はなかった。そしてモデルの世界でも、ロズィの同年代はそれほどいないことを、僕は衣緒花《いおか》から聞いて知っている。

とはいえ、気になることもある。

「おかあさんとは一緒に住んでるんじゃなかった？」

「んー……」

ロズィはちらりと僕の顔を見て、それから小さなフグを見つめながら、ぼそりとこぼす。

「マミィはロズィのこと興味ないから」

「そうなの？」

彼女はふいと水槽の前から離れる。それからロズィがもう一度口を開くまで、僕たちはみっつの水槽を経ることが必要だった。

「……イギリスではダディぜんぜんおうちいないし、マミィばっかり子育てしてもうやだ！って言ってたんだよね。マミィそろそろお仕事したかったのに、ダディが勝手にお引越し決めちゃって、それでバトルになって、日本来たの。あ、アレだよアレ、聞いたことある、えーっとなんだっけ……ほら、ジッカ！　ジッカに帰ります！　ってやつ！」

「実家、なの？」

「ん、グランパとグランマのおうちってことだよね？　どっちも死んじゃったから、今住んでるのはマミィのおうちだよ」

ロズィはその高い背を少しかがめて、ガラスに顔を近づけていた。水槽の中の魚と一緒に、口をぱくぱく動かしている。話の内容が指す家庭環境はそれなりに複雑な気がするが、本人はあっけらかんとしているように見えた。少なくとも、表面上は。

「マミィはお仕事大好きだし、ロズィが勝手に日本についてきて邪魔だなーくらいに思ってるんじゃない？　ロズィだってマミィにモデルの仕事邪魔されたらやだもん。そんなもんだよ」

そんなもん。その言葉には、驚くほど感情がこもっていなかった。

僕は今まで、彼女は正直で、ともすると直情な子なのだと思っていた。でも、それは正確ではなかったかもしれない。思ったことをはっきり言う意志の強さはあるけれど、なにをどう感じているか、その気持ちについてはよく見えないところがある。

「そんなもん、か……」

僕は自分だったら、と考えてみる。

父さんと母さんは、もうこの世にいない。決して帰ってくることはない。僕に干渉してくることも、支えてくれることもない。それを悲しいと思う気持ちはある。でも、僕にとってはなんだか遠い出来事で、もう当たり前になってしまったように感じる。

でも、僕には姉さんがいる。

姉さんが帰ってきてくれて、僕は嬉《うれ》しかった。なにか困ったら、姉さんに聞けば答えを与えてくれる気がした。今まで無重力の中を漂っていた僕の位置を、定義してくれるもの。

僕は、家族を邪魔だと思ったことはない。

それは僕から奪われ、そして求め続けてきたものだ。

「そんなこと、家族に思ったりするかな。ロズィには、お母さんが必要じゃないの？」

暗い中、ロズィはライトアップされた四角い水槽の中を抜けていく。

はじめ不釣り合いだと思った彼女の姿は、すっかりそこに馴染《なじ》んでいた、いや、違う。彼女がそこにいることで、周りが意味を変えているのだ。

そこはまるで、高級なホテルのパーティ会場のようだった。上品な照明が空間を照らし、人の代わりに魚がゆったりと踊っている。残響音のような音楽が、僕と彼女の間の隔たりを埋めていた。

こんなにロズィを遠く感じたのははじめてだった。

いや。

今まで近いと錯覚していたのだ。

まるで水を張ったグラスが、向こう側の像を曲げるように。

「ねぇ」

「え、なに？」

振り向いて尋ねるロズィの声を聞いて、僕は我に返る。僕が小走りに近づくのを待ってから、彼女は口を尖《とが》らせて僕に聞いた。

「前から聞きたかったんだけど。カレシ、イオカの面倒ばっかり見てて大変じゃないの？」

「まあ、それは大変だけど」

「やっぱそうなんじゃん。なんで別れないの？」

「うっ」

僕は詰め寄ってくるロズィから距離を取ろうとして、水槽にぶつかる。両手を広げたくらいはありそうな巨大な魚が、うっとおしそうに僕を見つめた。

「僕は――僕は、衣緒花《いおか》のことを応援したいんだ。それが僕の、やらなくてはならないことなんだ」

「ロズィのことは応援してないの？」

「応援してるよ。だからこうして、悪魔を祓《はら》おうとしているんじゃないか」

「なにそれ。ならロズィと付き合ってもいいじゃん」

「それは……イオカがいるから……」

「イオカのほうがロズィよりいいモデルだから？」

「別に、そんなこと誰も言ってないし、思ってもないよ」

「へーそう。まあロズィはナラテルのパーティ呼ばれてないし？」

「それは……いや、そんな単純に比べられるものじゃないって」

「だいたいさ。イオカはカレシになにかしてくれてるの？」

「してくれてるよ！」

「たとえば？」

「ええと……たまにゴミを出してくれる……とか……」

「それ、ホントはイオカがやることなんじゃない？」

「否定できない……」

いったい、これはなんなのだろう。僕はなにを問い詰められているのだろう。

「でも！　僕は、世界一のモデルになるっていう衣緒花《いおか》の夢を応援したいんだ。衣緒花《いおか》の願いが、僕の願いだから」

「自分ひとりで叶《かな》えられない夢なんか、意味ないよ」

魚よりも冷たい目で、ロズィは僕を見つめる。

「……カレシ、ロズィのこと、子供だと思ってる」

「そんなことないよ」

「カレシがいないとなんにもできないんじゃ、イオカのほうが子供じゃん。なんでイオカがいいの？　イオカは大人なの？」

「それは、年齢だって違うじゃないか」

ドン、と雷鳴のような音がした。

彼女が、苛立《いらだ》ち紛れにヒールで床を蹴った音だということに気づいたのは、あたりを見回したあとだった。

「なら、ロズィはじっと待ってれば大人になるの？　何年待てばいいの？　もうロズィ大人だよ。見てよ！　ほら！　こんなに背が高いもん！　胸もあるもん！　いろんなこと知ってる！　ひとりでなんでもできる！　なのになんで！」

「待ってロズィ！」

「なに！」

「声が……大きい……」

僕は背の高いロズィに追い詰められて、水槽に押しつけられていた。体がくっついて、胸が当たる。ただでさえロズィは目立つのだ、さすがに人目が刺さる。

「……ごめんなさい」

ロズィは体を離すと、しおらしく両手をバッグに添えてうつむく。

「デートだもんね。仲良くしよ」

「だからデートじゃないけども」

「いいじゃん今くらい。デートってことにしてよ」

そう言って、彼女の腕が僕に絡《から》む。

僕はどうしても、それを振りほどく気にはなれなかった。

まるでスローソングが流れるパーティのように、僕たちは前に進む。

たくさんの魚だけが音も立てず、水の中で踊っていた。

■

数十分後、僕は両腕に巨大な魚を抱えていた。

右に一匹、左に一匹。さきほど水槽の中にいたピラルクというその魚は確かに巨大であり、このぬいぐるみはそれを存分に表現していた。ほぼ実寸大か、それより大きいくらいだろう。通りかかったカップルが僕を指差して吹き出していたが、無理からぬことだと思う。

「なんかおっきいのばっかになっちゃったね？」

「なっちゃったね、じゃないんだよな……」

すべての展示を見終わったあと、ロズィがおみやげを買いたいと強く主張した結果がこのありさまであった。彼女がおみやげを渡そうと想定していたのは衣緒花《いおか》と三雨《みう》で、すなわち、右のピラルクは衣緒花《いおか》のためのもので、左のピラルクは三雨《みう》のためのものである。僕もなにか買っていこうかと思ったのだが選ぶ自信がなく、ロズィが選んだものに半分お金を出すことを提案した。結果として、それなら大きいやつ買えるね！　とピラルクが倍のサイズに成長してしまったのだった。

「三雨《みう》は魚が苦手って言ってなかった？」

「んー、ぬいぐるみはかわいいからいいんじゃない？」
僕は改めて抱えたピラルクの顔を見てみるが、確かに意外とかわいい顔をしている。だから
といってこれをもらって嬉しいのかはわからないが、ロズィがいいというのなら、その選択は
尊重することにした。その一方的な感じも含めておみやげというものだろう。
「それより、本当にお母さんには買わなくていいの？」
「いいよそんなの。ロズィがあげたいのは、イオカとミウ！」
自分は姉さんになにか買っていこうかなと思ってあたりを見回してみる。水族館のショップ
というのは、実に雑多なラインナップだ。ぬいぐるみはもちろん、キーホルダー、プリントさ
れた缶に入った商品で埋め尽くされているクッキー、文房具の類《たぐい》。しかしそれらのアイテムは
頭の中をぐるぐると回って、僕は渦の中に閉じ込められるようだった。
そういえば。
僕は、姉さんがなにを好きなのか、よく知らない。
「ミウにはロズィが渡しとくね。今度家に遊びにいく約束してるんだー」
「あ、うん……」
ロズィがそう言いながらショップをあとにしたので、僕は姉さんへのおみやげを買いそびれ
てしまう。いや、彼女のせいではない。もともと僕には、うまく選べなかったのだ。
そしてロズィは発言とは裏腹に、ピラルクを受け取ろうとはしない。どうも限界まで僕に持

たせるつもりらしい。よく知らないが、多分エスコートというのは巨大な魚を運ぶことではないと思う。

「ねぇねぇカレシ、またミスド行こうよ！　ロズィ、ストロベリーリング食べたい！」

「この状態で⁉」

「四人のところにロズィとカレシが並んで座って、サカナは反対側に置けばよくない？」

「ドーナツ屋の中に魚屋がオープンしてしまうな……」

そう溜息《ためいき》をつきながらも、魚が邪魔という以外に強く反対する理由はなかった。僕ははしゃぎながら歩くロズィの後ろに続いて、水族館をあとにする。午後になった商業施設には、少し気だるい空気が流れていた。僕はまるで、妹を水族館に連れてきた兄であるかのような気持ちで、先を進む彼女の背中を見つめていた。

と、その背中が急に近づいて、僕はぶつかってしまう。

「わっ」

背中が近づいたのではなくロズィが急に止まったのだと理解したのは、反動でぶるんと震えた魚を落とさないように抱え直してからだった。

「あ、ねぇ、これオシャレじゃない？」

「な、なに？」

「これ！」

いつの間にか彼女が手に取っていたのは、雑貨店の店先にあったボールペンだった。雑貨店といっても、文房具が主な商品のようだ。全体的に落ち着いたトーンの内装で、大人っぽい雰囲気がある。

その中で、ボールペンは確かに目を引くものだった。透明な軸の中に、小さな花が入っている。いくつかのカラーに花の色が合わせられ、それぞれの印象を個性的なものにしていた。

「それぇ、かわいいですよねぇ～全部本物のお花なんですよぉ～」

すかさずやってきた店員は、グレーのニットの帽子をかぶっていた。茶色く染められたまっすぐな前髪が印象的で、口元が少しアヒルに似ている。一度そう思ってしまうと、その少し鼻にかかった声もなんだかそんな感じに聞こえてしまう。

「ね、カレシ、いいでしょ、これ」

店員はその言葉で、僕に注意を向ける。巨大な魚を見て一瞬なにか言いたそうな顔をしたが、すぐにそれを引っ込めて、仕事用の笑顔に戻した。

「え～彼氏さんなんですか～?」

いっそ魚のことを聞いてほしい、と思ったが、それは虚《むな》しい願いだった。

「違うよ。友達のカレシ」

「友達の……えぇ⁉」

一瞬素に戻って、低い声で驚く。それはアヒルというよりはフクロウに似た響きで、僕はそっちの声のほうが落ち着くのになと思った。

「仲いいの！　いいでしょ！」

「え、えぇ……？」

店員の戸惑いも無理はない、と思う。妙にドレスアップした長身の大人っぽい女性が、両脇に謎の魚を抱えただいぶ年下に見える男子の腕を取って、友達の彼氏、と宣言しているのだ。逆に言えば、僕は年上の彼女の友達と腕を組んでデートをしているようにしか見えていないはずである。僕は今この店員さんに、人間性を疑われている。このピラルクを賭けてもいい。

「ねぇカレシ、これ買うからちょっと待ってて！」

「わかった」

すべてをあきらめ、僕はうなずく。店は狭い間隔で棚が置かれていたので、魚で細かなアイテムをなぎ倒さないよう、外からロズィを見守ることにした。彼女は店員となにやら会話をして、店員が奥からなにかを出してきた様子が見えたが、なにかはよくわからない。他にも気に入るものがあったのだろうか。

ロズィは会計を済ませて店員から袋を受け取り、僕に駆け寄って手渡す。

「はい、これ！　イオカにあげて！」

「うん？」

手渡されたので、とりあえずそのまま受け取る。よく見ると、ロズィの手にもショッピングバッグが握られていた。

「自分のぶんも買ったんだ?」

「うん! あとミウのぶんも! ほら見て、ミウのやつはピンク。イオカのやつはブルー。ロズィのはね、ワインレッド! みっつおそろい!」

そう言って、透明なプラスチックのケースに入ったボールペンを嬉《うれ》しそうに見せる。それぞれの中には別々の花がアレンジされており、すべて違う表情を見せていた。パッケージには色に合わせた小さなリボンが飾られている。魚といいボールペンといい、おみやげに執着するようなタイプだとは思っていなかったので、少し意外に思う。それだけはしゃいでいるということだろうか。

僕はいったん魚をロズィに手渡すと、自分のバックパックにそのボールペンを丁寧に入れ、再び魚を受け取った。いっそこの魚もバックパックに入れてしまえれば楽なのだが、僕のバックパックは残念ながら四次元空間ではないようだった。

「で、ミスドに行くんだっけ?」

「うん!」

僕は満面の笑みでスキップするロズィを追いながら、しばし考える。

彼女と話して、わかったことがある。

本来であれば、まず突き止めなくてはならないのは、ロズィが引き起こしている現象だ。衣《い》緒花《おか》のときはそれは炎という明確な形で現れていたが、三雨《みう》のときは別人になりかわっていて、そもそもなにが起きているのか摑《つか》めなかったことがひとつの敗因——少なくともあんなことになってしまった大きな原因のひとつだった。

しかし、僕はロズィが——ロズィに憑《つ》いた悪魔がなにを引き起こしているのか、おおよその見当がついている。ついてしまっている。

本当はもう少し前から気づいてはいたのだが、願いがなんなのかわからなかったから、確信が持てなかった。けれど彼女と水族館で話して、だいたい理解できた、と思う。

僕は魚を抱え直すと、深呼吸をした。

いつだって、悪魔のことを切り出すのには勇気が要る。それは人の心の柔らかい場所に深く絡《から》みついていて、慎重にほぐさないと傷つけてしまう。

ロズィには、傷ついてほしくない。

そうならないために、僕は彼女のエクソシストを買って出たのだから。

「……その、ロズィ。今まで言い出せなかったんだけどさ」

「んー、なに？」

話しかけると、成熟した身体《からだ》とアンバランスな、あどけない笑顔が僕を振り向く。

「僕、ロズィの悪魔の正体、わかってるんだよね」

沈黙が流れた。

ロズィの目が、丸く見開かれていくのがわかる。たっぷりとした時間のあとで、ようやく悲鳴がそれに続いた。

「え……えええええ⁉」

「多分、だけど」

「ほ、ホントに⁉　ロズィの願いも？」

僕に詰め寄った彼女が襟首を摑《つか》んで揺らすと、ふたつの長い魚体もそれに伴って波打つ。まっすぐに覗《のぞ》き込んでくる彼女の瞳が眩《まぶ》しくて、僕は思わず目を逸してしまう。

「僕、あのとき影の姿を見たんだ」

「あのときって、カレシのお姉ちゃんが、ロズィのお腹《なか》に手を入れたとき？」

「うん。姉さんが引っ張り出した影——犬の形をしてた」

僕はあの日の記憶を呼び覚ましながら、そう話す。

尖《とが》った耳。長い口吻《こうふん》。風を切るような鋭い形。そして密な毛皮。

あのシルエットは、明らかに犬のものだった。

薄い生地に包まれた自分の腹を、ロズィは撫《な》でる。

「ロズィに憑《つ》いてるのが、犬の悪魔ってこと？」

僕は頷《うなず》く。

「モデルがみんな体調を崩してるって話、実は気になって清水《しみず》さんに聞いてみたんだよ。そしたら、他の事務所でも、モデル以外にも、そんなこと起きてないって。逆に言えば、衣緒花と、ロズィの事務所でだけ起きていて、しかもモデルだけが倒れているんだ」

彼女は魚のほうを見たまま、静かに話を聞いている。

「ふたつの条件を考えると、そんなに選択肢はない。これはあくまでたとえばの話だけど――」

そして僕の言葉を、ロズィは引き継ぐ。

「ロズィが他のモデルを潰したい、って願ってて。それでみんな倒れてる、ってことでしょ」

僕は深呼吸する。

悪魔祓《ばら》いというのは、信じたくないことを信じさせられる過程だな、と思う。

「うん。あの病気は、君が――君の中の悪魔が引き起こしているんじゃないか？」

ロズィはしばらく僕を見つめた。それから目線を外してうつむくと、ピラルクの口をつついた。てっきり取り乱すかと思ったのだけれど、彼女は僕のほうが面食《めんく》らうほど冷静だった。

「だとしたら……ロズィはなにを願ってるって、カレシは思うの？」

ロズィの言葉に、僕は息を呑《の》んだ。彼女の目線が上がって、僕を見る。

まるで出来の悪い生徒を指名した教師のように、じっと答えを待っている。

「対象と範囲から考えれば、モデルとしてもっと活躍したいんだとは思うんだ。でも、きっとそれだけじゃない」

言葉にしながら、僕は考える。

彼女には、前科がある。

衣緒花《いおか》をライバル視し、彼女のあとを付け回し、スキャンダルを押さえてばらまこうとした。

今の僕は、それが幼い思い込みと、直截《ちょくせつ》な行動力によるものだということを知っている。

その後の素直な反省も含めてロズィらしい。

そしてそれは悪魔を介さずに行われた。そのときのロズィは、自分で衣緒花《いおか》を引きずり下ろすつもりでいた。だから悪魔は憑《つ》かなかった。

だが今は違う。犬が代わりに願いを叶《かな》えているなら、それはロズィが自力では叶《かな》えられない、少なくとも彼女自身がそう感じている願いだということになる。

「ロズィは大人になりたいんじゃないかなとは、思ったんだけど……」

それは今日話して、僕が得た印象だった。そして現象から考えれば、彼女にとってそれはモデルとして活躍することと結びついている。

でも、僕はその仮説を、まだ信じることができていない。

なぜならそれは、まったく不可解な願いだからだ。

簡単なことだ。

待っていれば、人は必ず大人になる。そう、最初からこの願いには、叶《かな》うも叶《かな》わないもないのだ。願うと願わざるとにかかわらず、時は人を大人にする。してしまう。悪魔がそんな願いを叶《かな》えるわけもない。

だから重要なのはむしろ速度のはずだ。成長をショートカットしなくてはならない、なにかの理由がある。

それがロズィの、願い。

「もしかして――」

そこまで考えて、あるひとつの考えが頭に浮かぶ。

ロズィは僕の目を見てゆっくりと頷《うなず》いた。

彼女は気づいている。

自分の願いに。

「実はね。ロズィ、隠してることがあるんだ。イオカにもミウにも、カレシにも」

「ロズィ、君は――」

「うん。ロズィね。イギリスに帰るの」

わかっていても、それはショックだった。ロズィの顔と、イギリスという響きと、帰るという言葉が、てんでバラバラに自分の中に入ってくる。そして時間をかけてひとつの意味に結びついていく。

それは僕が忘れていたからだ。彼女がイギリスから来たことを。そして無意識に思い込んでいたからだ。彼女が帰るべき場所は、今ここ、日本なのだと。

「このあいだね。ダディがニホンに来たの。そしたらマミィ、急にイギリスに帰るって言い出してさ。意味わかんないよね」

鼻を鳴らして、彼女は笑う。でも笑っているのは声色だけで、表情は強張《こわば》ったままだった。その嘲るような態度が、親に向けられているのか、それとも自分自身に向けられているのか、僕には判断できない。

「マミィ、どうするのか聞いてもくれなかった。またダディと暮らすからイギリスに帰る、って、それだけ。ロズィのことなんかどうでもいいんだよ」

いきなり与えられた真実に、僕の頭はフル回転で対応しようとする。

「いつ帰るの？」

「さあ。でも学校9月からだから、多分それまでには帰ると思う」

「学校って、転校先もう決まってるってこと？」

「わかんない。マミィなにも言ってくれないから」

「待って、清水《しみず》さんはこのこと知ってるの？」

「知らない。シイトにもまだ言ってない」

「なんてこった……」

僕は頭を抱える。モデルがバタバタと倒れていて、そしてそれは悪魔の仕業で、しかもロズィはイギリスに帰るかもしれない。いや、家族の様子を聞く限りそれはかもしれないではなくそうするという決定事項なのだろう。そしてそれ以外のことはなにもわからないときている。

清水《しみず》さんが聞いたら卒倒してしまうのではないか。

「どうしてすぐに教えてくれなかったの」

「……マミィにそう言われたとき、なんか、胸がぎゅってなって。思い出すだけで、なんか苦しくなっちゃって……」

ロズィは唇を嚙《か》み締《し》めた。

その表情を見て、僕は納得する。

だから悪魔は彼女の願いを叶《かな》えているのだろう。今ここが自分のいるべき場所だと、証明しようとしている。イギリスに帰ると言われた。でもようやくモデルとしての仕事が軌道に乗りつつある。それがもっと充実していれば、帰らなくても済むかもしれない。なら、パイを取る人を減らせばいい。今ここで、自分がもっと必要とされれば――

そこまで考えて、僕は彼女が進路希望調査表に暗い顔をしていたことを思い出す。彼女には、最初から進路なんてものはないのだ。母親が帰ると言ったら帰る。それしかない。

そんなことが、あっていいのだろうか。

「でも、がんばって日本語だって覚えたんでしょ？　それにモデルとして評価もされて、仕事もしてて――そうだ、モデルの活動は反対じゃないはずだよ」

「そんなの適当だよ。ロズィが持っていった書類なんか、見もしないでサインしてたし」

「でも、ロズィがちゃんと話せば、きっとわかってくれるよ」

「無理だよ」

「そんなの、わからないじゃないか」

「わかるもん！」

だんだんとその声は張り裂けそうな悲鳴に変わり、目には涙が溜《た》まっていく。

「カレシはいいよね。言うことぜんぜん聞いてくれない親がいるなんて、考えたこともないんでしょ。カレシのマミィは、カレシのこといっつもよしよしってしてくれて、カレシの話も聞いてくれるんでしょ。ロズィは違うの。そんなマミィ、ロズィにはいないの。マミィは自分のことが一番大事なんだ。ロズィのことなんかどうでもいいんだよ。だから……カレシには、ロズィのことなんかわかんないよ！」

心臓に、水をかぶせられたみたいだった。鼓動が止まったのではないかと思った。それくらい、なにも感じなかった。もし心電図があったら、真っ平らになっていただろう。魚のいない水のように。あるいは、水のない魚のように。

「僕には、父さんも母さんもいないんだ」

「え？」

「ふたりとも、死んだんだ。交通事故で」

ひゅっ、という音が聞こえて、ロズィが息を吞《の》んだのがわかった。

空気を求めるように口が動くが、ただ吐き出されるだけだった。しばらくしてようやく吸われた息は、謝罪のかたちになって空気を震わせる。

「ごめんなさい。ロズィ、知らなかった」

「……僕のことはどうだっていいんだ。大事なのは、ロズィの願いだよ」

それは本心だった。そのはずなのに、なんだか頭が痛くて、思考がまとまらなかった。彼女の悪魔を祓《はら》うためにもっと考えないといけないことがあるはずなのに、栓を抜いた浴槽みたいに、なにもかもが流れ出ていってしまう。

ロズィはしばらく逡巡《しゅんじゅん》していたが、不意に僕に近づく。

そしてその高い背をほんの少しかがめて、僕の手を取った。そしてその手を頬に当てて、こう言ってのける。

「ねぇ、カレシ。ケッコンしてくれる？」

「は？」

彼女がなにを言っているのか、わからなかった。音が意味を結ぶまでに時間がかかる。

ケッコンって。

結婚？

「カレシがケッコンしてくれて、ロズィがお嫁さんになればいいじゃん。そしたらロズィは日、本の子だし、大人でしょ？」

「いや、それは、僕もロズィも、まだ結婚できる年齢じゃ……」

「へぇ、トシの問題なんだ？　ロズィ知ってるよ。そういうの、マンザラでもないって言うんだよね？」

そうロズィが微笑《ほほえ》んで、僕は慌てて手を振りほどく。彼女は抵抗しなかった。最初からそうすることがわかっていたかのように。

僕は背筋を伸ばして、一瞬乱れた心をまっすぐに戻す。

「ぼ、僕は、君の悪魔を祓《はら》いたいし、願いを叶《かな》えてあげたいと思ってるから」

ロズィは、ふ、と鼻を鳴らすと、ちょっと悲しそうに笑った。

「ごめん。カレシはイオカのカレシだもんね。ケッコンするならイオカとでしょ？」

「それはわからない、けど……」

「ていうか、ロズィも別にカレシとケッコンしたいわけじゃないし！」

「そ、そうなの？」

「うん。カレシとは遊びって感じ」

「失礼なことを言われているような、ホッとしたような」

「イオカとケッコンしたあとも、一緒に遊んでよね。ロズィ気にしないよ」

「それはイオカの意見による」

「そう？　カレシの意見は？」

「どうなんだろう……」

逆に僕のほうが考え込んでしまった。しかし、特に意見はなかった。仮定の上に仮定を重ねても仕方がないし、僕には衣緒花《いおか》の望みが、一番大切だ。それだけのことだ。

ロズィはまっすぐに伸びをする。小さなバッグが空に揺れて、ほ、と短い息をつく。

「聞いてくれてありがと。ちょっとスッキリした」

「それはよかったけど……気持ちが楽になったからって、悪魔は止まらないよ」

「うん」

彼女は納得したように口の端を上げた。

「マミィと話してみることにする」

そう言う彼女の表情は、それでもどこか不安げだったけれど。

話さないといけない家族がいること自体が、僕は羨ましいと思ってしまったのだった。

第5章

鳴らないララバイ

ロズィと別れた僕は、衣緒花《いおか》の家にやってきていた。もちろん、魚を抱えて、である。ただし抱える魚が一匹になったのは救いであった。二匹抱えていては電車の改札も通れない。もう一匹はロズィが三雨《みう》に渡すべく連れていった。僕たちはそれぞれ巨大な魚を抱いた奇妙な一組の男女として電車に乗り込み、それぞれの目的地に向かった。写真がどこかに晒《さら》されていなければいいと思う。

そんなわけでいつもよりあたりに注意しながら衣緒花《いおか》の家にたどり着くと、オートロックから彼女を呼び出し、エレベーターに乗る。

部屋の前のチャイムを鳴らすと、しばらくして鍵が開く音がした。しかしなぜか、なかなか開く気配がない。

不思議に思ってドアを引くと、ガッ、と硬い感触がして途中で止まる。

「えっ?」

よく見ると、ドアにチェーンがかけられていた。

面食《めんく》らう僕に、隙間から衣緒花《いおか》が顔を出す。

「ありがとうございます。わあ、大きい――ええと、なんですかこれ」

「ピラルク」

「わあ、大きいピラルク……さん？　ここから渡してください」

ドアの隙間から伸びる細い腕が、魚を摑《つか》んで引っ張る。絵面がちょっとしたホラーだ。

「待って待って、この隙間からは通らないよ」

「いけます！　こう、潰せば！」

「開けてくれればそれで済む話でしょ⁉」

「いえ、私は大丈夫ですので、開けなくても大丈夫です」

もはやなにを言っているのかわからない。僕はドアの向こうの暗い部屋に引きずり込まれそうになるピラルクを摑《つか》んで必死で抵抗する。

しかし衣緒花《いおか》がこのような奇行に走る原因はひとつしかなかった。

「部屋、荒れてるんでしょ」

僕の言葉を聞いて、衣緒花《いおか》がびくりと体を震わせる。間違いない。図星だ。

「その、いっ、忙しくて！　……たまたま……」

「隠さなくていいから。開けて。片付けるよ」

「でも」

彼女は小さく溜息《ためいき》をつくと、観念したようだった。一度ドアを閉めると、カチャリとチェーンを外した音がして、再度開く。意気消沈したように力なく開いたドアを引き継いで、僕は中に入ると、鍵をかける。

「す、すみません……」

ピラルクを衣緒花《いおか》に渡し、自分は靴を脱ぐ。先に室内に入った衣緒花《いおか》のスリッパが散り散りになっていたので、ついでに揃《そろ》えた。

「そうだ、これも」

僕はバックパックから慎重にボールペンを取り出して、衣緒花《いおか》に渡す。

「なんです？」

「ボールペン。ロズィから」

受け取った衣緒花《いおか》は首を傾げながら包装を解く。

そして中身を取り出すと、小さな歓声をあげた。

「あら、素敵。あの子、意外とセンスありますね？」

「意外でもないと思うけれど」

「お礼言わなきゃですね。これ、なんのおみやげなんです？」

「なんのって……確かになんなんだろ。水族館、じゃないしな。三雨《みう》のぶんも買ってた」

「衣緒花《いおか》」

「まあ、そこはなんでもいいといえばいいんですが」

僕は歩きはじめた衣緒花《いおか》に続いて廊下を歩く。じっとボールペンを見つめて照明に透かしたりしているので、きっと気に入ったのだと思う。ロズィの選択は的確であったわけだ。

「明日は仕事あるんだったっけ？」

「はい。またモデルが倒れたらしくて、急遽《きゅうきょ》代打の撮影で……」

「えっ？　カレンダーには二本撮影あるって書いてあるけど」

「もう一本追加になりました」

僕は息を呑《の》んだ。まだ被害が拡大している。

「大丈夫なの？」

「私はなんとか……それより清水《しみず》さんが目を回しています」

次々とモデルが倒れ崩壊したスケジュールを立て直すのが人間業でないことは、僕でもすぐに想像がついた。あの清水《しみず》さんのことだ、次に誰が倒れるか予想がつかないこの状況では、心配で夜も眠れないだろう。早くロズィの悪魔をなんとかしないと、事務所より先に清水《しみず》さんが崩壊してしまう。

しかし、今は衣緒花《いおか》だ。

リビングのドアを開けると、そこには想像以上の光景が広がっていた。

「これは……」

「ご、ごめんなさい、がんばろうとは……思ったんですけど……」

あちこちにゴミ袋が置かれているのは想像通りだったが、驚いたのは服までもがそこかしこに散らばっていることだ。あの衣緒花《いおか》が、服を片付けきれていない。そこまで追い詰められていることに、僕は戦慄した。

彼女はきゅっと魚を抱きしめて、消えてなくなりたいという顔をしている。

「今日やっておくことあるの？」

「いえ……本当は勉強したかったんですが、もうお風呂《ふろ》に入って寝ようかと……さすがにクマをどうにかしないと、コンシーラーにも限界がありますから……」

確かに彼女の目元には、疲れが見て取れた。常に心身ともに完璧なコンディションを整えてきた衣緒花《いおか》からすれば、忸怩《じくじ》たる思いがあるだろう。

僕はぐるりと肩を回すと気合を入れた。

「そうしなよ。掃除はしておくから」

「いえ、本当に大丈夫です！　有葉《あるは》くんだって、一日ロズィと出かけていたんでしょう？」

「そうだけど、衣緒花《いおか》の生活のほうが大事だよ。今日はもうそれ以外にやらないといけないこともないし」

「うう……すみません……」

「いいから、衣緒花《いおか》はゆっくりしてきて」

僕はキッチンに入ると冷蔵庫を開けて、中身を確認する。

「えーとこの食材なら……明日のお弁当もできるな」

「そこまでしなくても！　なにか買って食べますから！」

「バランスよく栄養あるもの食べないと。この上体調を崩したらいよいよまずいよ」

「でも！」

「でも？」

衣緒花《いおか》は反論を続けようと口を開いていたが、そこから続きの言葉が出てくることはなかった。しゅんとして唇をぎゅっと合わせると、力を抜いてうなだれた。

「わかりました……ありがとうございます。お言葉に甘えますね……お風呂《ふろ》行ってきます……」

僕は衣緒花《いおか》から心なしかぐったりした魚を受け取り、ベッドに寝かせておく。巨大な魚が一匹横たわっているのはかなりシュールな光景だった。

まずは米を炊くところから入ろうと思い、炊飯器の釜に米を計り入れたところで、視界の隅になにかが映る。

「ちょっと衣緒花《いおか》！　開いてる！　開いてるから！」

脱衣所を開けたまま服を脱ごうとしていた衣緒花《いおか》を慌てて制止し、バシンとドアを閉める。

「あっ、そうですね」

「そうですねじゃなくて。疲れてるのはわかるけど、頼むよ」

「……別に私はいいんですけど」

「モデルの常識を家庭に持ち込まないで！」

衣緒花《いおか》がドア越しにふふっと笑う声がして。

「家庭、ですって」

「今のは言葉の綾《あや》で……」

「ならかえってよくないです？」

「いいから！　とにかくお風呂《ふろ》入ってきて！」

僕は米を研ぎ炊飯器をセットし服を片付けゴミを捨てにいき手を洗ってから卵を焼きエリンギと豚肉を炒《いた》めて皿に載せて冷ましておく。そのあいだ、ずっと顔が熱かった。まだ風呂《ふろ》場からは水音がしていたので、掃除機もかけておく。

スマートフォンで時間を見ると、もう夜10時だった。さすがに体が重く感じる。

よく見ると、姉さんからのメッセージが通知されていることに気づく。

〈有葉《あるは》、今どこにいるの？〉

ずいぶん遅くなってしまったから、姉さんには心配をかけてしまった。僕は慌てて返事を入力する。

〈衣緒花《いおか》の家〉

〈そう。帰ってくるわよね？〉

〈うん、もうすぐ帰るよ〉

〈衣緒花《いおか》ちゃん、あなたのこと頼りにしているみたい。力になってあげてね〉

僕はしばらく、風船みたいな吹き出しに書かれたその文字を、じっと見つめた。

そういえば姉さんと衣緒花《いおか》はメッセージをやり取りしているのだった。いったいどんな話をしているのだろう。僕はドライヤーの音が響きはじめた脱衣所のドアに目をやる。

頼りにしている。

その文字を見ただけで、なんだか体が軽くなったような気がした。

「あがりました」

ちょうどスマートフォンをポケットに入れたところで、衣緒花《いおか》が出てくる。シャンプーとトリートメントの香りと、湿度の高い空気を同時に浴びる。そして衣緒花《いおか》が体にまとう、薄い部屋着。その雰囲気の親密さに、僕はなんだか酔ってしまいそうだった。

「おかえり。だいたい終わったよ」

努めて平静を装《よそお》って、そう告げる。衣緒花《いおか》は綺麗《きれい》になった部屋を見回すと、急に不機嫌そうな顔になり、口を尖《とが》らせた。

「有葉《あるは》くんって、なんでそんなに家事上手なんですか？」

「ひとり暮らししてたら普通……あ」

「はは……そうですね……私は異常ですよね……」

死んだ目で笑う衣緒花《いおか》を慌ててフォローする。

「ごめん、そういう意味じゃなくて」

「夜見子《よみこ》さんにも言われました、自分のことは自分でできないとダメ、って」

「姉さんが？」

僕はその言葉に驚いた。姉さんがそんなことを言うとは、ちょっと信じられない。

けれどそれを察して衣緒花《いおか》は説明を加える。

「あ、いえ、もっと優しい言い方で、私から相談したんです！　だから、その、私も洗い物くらいは——」

僕を押しのけてキッチンに入ろうとした彼女は、言葉の途中で、ふわ、とあくびをした。

「洗い物はそんなにないし、お弁当もあとは詰めるだけだから。横になっててていいよ」

「でも」

「いいって」

「ふぁ——すみません、そうします」

衣緒花《いおか》は膨れていたが、もう一度出そうになったあくびを嚙《か》み殺《ころ》すと、おとなしくベッドのほうに向かった。抱き枕のようにピラルクを抱えて、ごろりと横になる。

僕は炊きあがりを知らせた炊飯器を開けて、ごはんを弁当箱によそいおかずを詰める。ふりかけをさらりとかけると、急ごしらえの割にはずいぶんお弁当らしい見た目になった。

「あ、そういえばナラテルのパーティ、結局どうしますか？」

洗い物をする水音の向こうから、衣緒花《いおか》がそう尋ねる。僕はまな板をスポンジでこすりながら少し考えて、返事をした。

「んー……僕はやめておくよ」

「そう、ですか？」

「ほら。衣緒花《いおか》も最近は、男の子のファンも増えてきたでしょ。噂《うわさ》になっても困ると思うし」

「……わかりました。まあ、それなら一理あります」

少し間があったが、納得してくれたようだった。

「そうだ、ちょっと聞きたいことがあるんだけど」

「なんですか？」

「あの黒い犬の影、あれから見てない？」

「見てませんけど」

「そっか。それならいいんだ」

「なにか悪魔祓《ばら》いに関係あるんですか？」

「ちょっとね」

首をかしげる衣緒花《いおか》に聞き返され、僕は誤魔化す。いや、思わず誤魔化してしまう。

尋ねた瞬間は、単に確認しておきたかっただけだった。けれどロズィが日本に残るためにモデルの仕事を増やすことを願っているとしたら、悪魔が衣緒花《いおか》をターゲットにしてもおかしくはない。むしろ真っ先に狙うべきだろう。

しかし、聞いてから、思ってしまったのだ。

もしそうだとしたら、ロズィは心の奥底で、まだ衣緒花《いおか》のことを、追い落としたいと思っているということになる。もちろんライバルだと公言していることは知っているし、勝ちたいという気持ちはあるだろう。しかし引きずり下ろしてでも仕事を増やしたいのだとすれば、話は違ってくる。衣緒花《いおか》とロズィが友達でいられるのは、アミーの一件を通じて、お互いをリスペクトする気持ちと友情を育んだから——そのはずなのだ。

けれど。

人は悪魔に嘘《うそ》をつけないということを、僕は知っている。

「……そういえば、ロズィ、どうでした？」

衣緒花《いおか》にそう聞かれて、僕は洗っていたまな板を落としてしまう。ゴイン、という鈍い音が金属のシンクに響く。はぐらかしたのを不審に感じたのだろうか。そうでないといいが。

「えっと、悪魔がなにを叶《かな》えているのかは、もうだいたいわかった……と思う」

「すごいですね。本当にエクソシストみたい」

顔を上げると、衣緒花《いおか》は本当に目を丸くしていた。そこに驚き以外の感情がないことに、僕はいったんは安堵《あんど》する。

「だから安心してこっちは任せておいて」

「ふーん……」

ちょっと含みがありそうに息を吐くと、ピラルクと睨《にら》み合《あ》う。

「この魚、よく見ると憎たらしい顔してますね。サンドバッグにしたらいいでしょうか」

「かわいいと思ったけど」

「は？　私以外のものをかわいいと言わないでください」

「生物ですらないものに対抗意識を燃やさなくても……」

「魚は生物ですが？」

「ぬいぐるみは生物じゃない」

「私は生物です」

「論点は生物かどうかだっけ？」

「いえ、私のほうがかわいいという話です」

「いやまあ……それはそう……かな……」

どぎまぎしながら洗い物を終えてタオルで手を拭くと、衣緒花《いおか》はベッドの上に長い脚であぐらをかいて、魚と見つめ合っていた。そのまましばらくピラルクの顔真似《まね》をしたり、パタパタとヒレを動かしていたが、急に魚を脇に避けると、僕を呼びつける。

「じゃ、こっちに来てください」

「明日の仕事が気になって眠れないんです。忘れさせてください」

言われるがままにベッドに腰掛けると、衣緒花《いおか》はごろりと横になった。長い魚体を抱いたまま、僕の膝の上に頭を乗せる。

「ちょ、ちょっと！」

さらりとした髪が広がって、花の香りが届く。僕の戸惑いなど意に介する様子もなく、まるで当たり前のように衣緒花《いおか》は目を閉じている。

「歌、うたってください」

「え……僕へただよ。なんの歌がいいのかもわからないし」

「なんでもいいです」

「えーっと……」

僕は頭の中を検索する。そもそも音楽にそれほど興味を持って生きていないのだ、歌えるほど何度も聞いた曲なんて多くはない。

「……イナーシャ、とか？」

「この状況で他の女のお気に入りを選ぶことあります⁉」

選曲に文句があるなら最初から指定してほしいと思うが、このティラノサウルスになにを言っても無駄であることは、僕が一番よくわかっている。しかし同時に、これが衣緒花《いおか》の甘え方なのだということも、最近は理解しつつあった。

「じゃあ……きらきら星」

「嫌に決まっているでしょう！　私が燃えたときにかかってたんですよそれ」

言われてみればそうだったかもしれない。

そのときの、トカゲの姿になった衣緒花《いおか》を、僕は目の前の彼女に重ねる。膝の上で安らかに目を閉じる、衣緒花《いおか》の顔。こんなに顔が小さいのに、頭の重みはしっかりと膝に感じる。

あのときは、こんなことになるとは思ってもみなかったな、と思う。まさか衣緒花《いおか》と付き合うことになるなんて。

本当のところを言うと、僕は付き合うというのがどういうことなのか、まだわからずにいる。いや、衣緒花《いおか》が僕を好きだと言ってくれて、僕も衣緒花《いおか》のことは好きなのだから、両想《おも》いではあるのだろう。けれどもその先になにがあるのか、どこに向かうべきなのか、僕にはわからない。

彼女に触れたい、という抗《あらが》いがたい欲望は、確かに自分の中にある。

このまま髪を撫《な》で、素肌に触れて、どこまでも近づきたい。その気持ちが自分の中をぐるぐると駆け巡りながら膨らんでいくのを、僕ははっきりと感じていた。そして、もしそれを実行に移しても、きっと彼女は拒まないだろうとも思う。それが僕のしたいことなんだ、君が僕にできることなんだ——そう言えば、衣緒花《いおか》はきっと、僕の望むことをなんでも叶《かな》えてくれるだろう。もしかしたら、僕が行動に移すのを、待ってさえいるかもしれない。歌をうたってほしい、なんて子供じみた要求は、本当はもっと別のことを婉曲《えんきょく》に求めているのではないだろうか。僕がそうしたいと思うように、衣緒花《いおか》にも同じ欲望があっても不思議ではない。

でも、僕にはわからなかった。

彼女に触れたいという僕の気持ちは、熱い日照りの中で水のうるおいを求めることや、雨に打たれたあとで焚《た》き火《び》のあたたかさを求めることと、いったいどこが違うのだろう。

僕にとって、衣緒花《いおか》はなにが特別なのだろう。

考え込んでいると、衣緒花《いおか》はいつまで経《た》っても聞こえてこない歌をあきらめたのか、うっすらと目を開けた。

「……有葉《あるは》くんって、変ですよね」

「なに、急に」

「悪魔を祓《はら》ってくれて。支えてくれて。歌って、ってどうでもいい無茶を言っても、こんなに真剣に考えてくれて。私のこと、いつも見ていてくれて。私が願うもの、なんでもくれますよね。それって、どうしてなんですか？」

「どうしてって……自然と体が動いちゃうっていうか……」

しどろもどろになりながら、かろうじて僕はそう答える。

衣緒花《いおか》はまっすぐに僕を見上げて、それから言った。

「私のことが、好きだから？」

そうか、と思った。

それはすべての答えだった。僕がなぜ今ここにこうしていて、衣緒花《いおか》の願いを叶《かな》えたいと思うのか。それは衣緒花《いおか》のことが好きだからだ。それが人を愛するということで、僕が向かう先なのだと。

しかし衣緒花《いおか》はもう一度目を閉じて顔を反らすと、重々しく息を吐く。

「なら、私はどうしてそうじゃないんでしょう。私だって、有葉《あるは》くんのこと好きなのに。一緒にいると、してもらうばかりになっちゃうんでしょう」

「あのね。思ったんだけど」

僕は自分が興奮しているのを感じていた。律動するエンジンがバイクのタイヤを回転させるように、高鳴る鼓動が僕を突き動かす。

「僕は衣緒花《いおか》のことが好きだから。衣緒花《いおか》のために、なにかをしてあげたい。衣緒花《いおか》が笑っていると、僕は嬉《うれ》しいんだ。衣緒花《いおか》ががんばっていると、僕も生きてるって感じがするから」

一息にそう言うと、体が空気を求めて胸を拡《ひろ》げる。衣緒花《いおか》はそんな僕の顔をじっと見つめて、それから頬を膨らませた。

「そんなの、納得いきません」

「え、ダメ？」

「だって私、喜んでます。すごく」

「よかった」

「ぜんぜんよくないです。私だって同じ気持ちなんですよ」

「だからそれは！」

「……有葉《あるは》くんが見ていてくれれば、私、本当はそれでいいんです。モデルなんかやめちゃってもいい。世界一になんかならなくてもいい。そしたら毎日お家《うち》を綺麗《きれい》にして、有葉《あるは》くんを起こしてあげて、朝ごはんをつくってあげて、忘れ物してますよって言って、一緒に学校に行って、一緒に帰ってきて、晩ごはんも私がお料理して、おいしいねって有葉《あるは》くんが食べてくれて、それから――」

僕はロズィの言葉を思い出していた。

衣緒花《いおか》と一緒になるということも、あるのだろうか。彼女もそれを望んでいるのだろうか。

「もしそれが衣緒花《いおか》の願いなら、僕は――」

「違うんです。そうじゃないんです」

彼女は目を閉じて、顔を横に向ける。僕に、というよりは、自分自身につぶやいているように、衣緒花《いおか》は続けた。

「私、有葉《あるは》くんになにもしてない。時間も、行為も、もらうばっかりで。有葉《あるは》くんの人生を奪ってる。なのにそれを喜んでる。そう、私、喜んじゃってるんです。してもらうことを。奪う

ことを。でも有葉《あるは》くんになにを返してあげたらいいのかもわからない。私にできることなんて、きっとないんです。私……有葉《あるは》くんのことが必要なんです。どうしようもないくらい……けど……有葉《あるは》くんは……私のことなんかきっと要《い》らなくて……私がどうしようもない女だから、一緒にいてくれてるだけで……」

「そんなことない！」

「……それで夢を叶《かな》えたって……私……」

「違う！」

けれど、僕の声は彼女に届かなかった。いつしか彼女の言葉は曖昧に溶けていって、蒸発した想《おも》いは寝息になる。

どうしたらいいのかわからなかった。見つけたと思った答えは、むしろ彼女を苦しめていて、でも僕にはどうすることもできない。

衣緒花《いおか》がなにをしたらいいのかわからないんじゃない。

僕にはしてほしいことがないのだ。

ふと思う。

このまま彼女を襲ってしまえばいいのではないだろうか、と。

体が求めるままに、渇きを癒やし、暖を取る。彼女を飲み干し、焼き尽くす。そしてそれこそ僕がしてほしいことだと、そういうことにしてしまえばいい。与えたいと願うのなら、与えさせてやろう。奪われたいと想《おも》うのなら、奪ってやろう。願ったのは衣緒花《いおか》だ。僕じゃない。

僕はただ叶《かな》えるだけだ。僕は――

そう。

僕は。

ただ、叶《かな》えるだけだ。

そんなことをしたって。

自分の空虚を埋め合わせることには、ならない。

そして。

有葉《あるは》くんに、なにかをしてあげたい。

そのたったひとつの望みすら、叶《かな》えてあげることができない。

なぜか。

僕には、他にや、ら、な、け、れ、ば、な、ら、な、い、こ、と、が、な、い、か、ら。

彼女の頭を両手で支えると、ゆっくりと腰を浮かせてベッドから下りる。そのあたりに転がっていた枕を代わりに挟むと、慎重に彼女の頭をそこに乗せる。ううん、と唸《うな》って寝返りを打つ彼女は、巨大な魚をぎゅっと抱きしめている。

僕は衣緒花《いおか》がしっかりと眠りに落ちたのを見届けてから、彼女に背を向けた。そしてひとつひとつ、ついたままになった照明を消していく。僕たちふたりがさっきまでいた空間が真っ黒な闇の中に沈んだのを見届けてから、僕は靴を履き、ドアを開けて外に出ると、合鍵を鍵穴に入れ、ひねった。鍵が立てるガチャリという響きは、なんだか瓶の蓋を閉めるときの音に似ていた。

なにか得体のしれない巨大なものが自分の中にいて、叫んでいるような気がした。それは獲物を引き裂く獰猛《どうもう》な雄叫《おたけ》びのようで、一方で腸を食い散らかされる悲鳴のようだった。

気がつくと僕は、夜の街を走り出していた。

もし悪魔が僕に憑《つ》くとしたら、いったいどんな願いを叶《かな》えるのだろう。

この際、そうなってほしかった。悪魔でもなんでもいい。誰か。誰か教えてくれ。僕はなにを願っているんだ。なにを望んでいるんだ。衣緒花《いおか》に、なにがしてほしいんだ。

どうして僕は、こんなにも空っぽなんだ。

気がつくと、僕は家のドアの前に立っていた。心臓は破裂しそうな勢いで鳴り、いくら呼吸をしても足りなかった。

そのとき、黄色い明かりが僕を照らした。

そこには、姉さんがいた。

まるで僕がそこにいるのをわかっていたかのように扉を開いて、僕を迎え入れた。なにも考えられず、引き寄せられるように僕は姉さんに抱きとめられる。全身の血液が瞬時に沸き立って気体になり、体から抜けてしまったように、僕の体は力を失った。意識が遠のく。暗い闇に飲み込まれるように。

「おかえりなさい」

魔女のように優しく、母親のように残酷に、姉さんの声が、体を満たす。

遥《はる》か遠くで、ドアが閉まる音がした。

第6章　ヤングレディとビッグガール

次の朝、僕はコーヒーの香りで目が覚めた。

電気ケトルのお湯はちょうど沸きはじめたところで、ボコボコという音を立てている。目をやると、姉さんが丸い大きなスプーンでコーヒーの粉をすくって、取っ手がついたビーカーのような容器に入れていた。それは僕が触ったこともない器具だ。家にこんなものがあったのかと、少し驚く。

「おはよう、有葉《あるは》」

「うん……おはよう」

「コーヒー、飲む？」

姉さんは僕に気づいて、そう微笑《ほほえ》む。僕は黙って頷《うなず》いた。

窓からはあたたかい日差しが入っている、時計の針が進むのを止めてしまったのではないかと思うくらい、穏やかな時間。昨日の慌ただしさが嘘《うそ》のようだ。

そう、昨日だ。

なんだか頭がぼうっとして、考えがはっきりとまとまらなかった。昨日、衣緒花《いおか》の家を出たところまではなんとなく覚えている。しかし自分の家に着いてからの記憶がどうにも曖昧だ。

「姉さん、僕、昨日なにか言ってた？」

「そうね……」

姉さんは袋を開いてコーヒー豆を容器に足しながら、首をかしげてしばらく考える。

「疲れてるのね、有葉《あるは》。それから衣緒花《いおか》ちゃんも」

「ぼ、僕はなにを……」

「朝、衣緒花《いおか》ちゃんから連絡があったわよ。途中で寝ちゃって、有葉《あるは》くんちゃんと帰ってますかって。なにかあった？」

それを聞いて、僕は少しずつ昨日のことを思い出す。僕は眠った衣緒花《いおか》を前にして、それで――いや、あれは気の迷いだ。大丈夫。なにもなかった。それは確かなはずだ。

「な、なにもないよ！」

「ふぅん……そう？」

姉さんはそっけなくそう言うと、コーヒーを淹《い》れる作業に戻る。お湯を容器に流し入れると、なにやら丸い網のついた蓋をして、キッチンタイマーをセットした。ピッピッという音が、まるで行進を促す笛のように小気味よく響く。

昨日はなにもなかった。

でも。

だからといって、僕の問題は解決していない。

衣緒花《いおか》は、僕に負い目を感じている。

それはそもそもまったく必要のないことなのだが、しかしそう感じさせてしまっているのは、他でもない僕だ。

僕は衣緒花《いおか》と付き合っている。

けれど、僕と衣緒花《いおか》は、対等ではない。

僕はどうしようもなく、自分が空っぽだと感じていた。そのことに気づいてしまった。衣緒《いお》花《か》のことを支え続けていれば、その結果として衣緒花《いおか》が自分の夢を叶《かな》えることができれば、僕はそれでいいのだと思っていた。

でも、多分、それだけでは足りない。

衣緒花《いおか》と、並べるようにならなくてはならない。

そのためには――

ピピッという音が繰り返し鳴って、姉さんは蓋から突き出た取っ手をゆっくりと押し下げる。尖《とが》った注ぎ口からコーヒーをふたつのマグカップに注ぐと、片方を僕に渡した。

「ねぇ、有葉《あるは》。なにか悩み事があるんじゃない？」

姉さんの目は、相変わらず左しか見えていない。しかしその目はすべてを見透かしているように、僕には思えた。

「僕は……衣緒花《いおか》と一緒にいて、いいのかな？」

「どうしてそう思うの？」

姉さんはマグカップを持ったままソファに座って、僕もその隣に座る。煎れてもらったコーヒーはなんだかとても苦く感じられて、一口飲んでテーブルの上に置く。

「僕は衣緒花《いおか》になにかをしてあげることしかできないんだ。それは多分、衣緒花《いおか》には重荷で。理由はわかってる。僕にはやりたいことがない。叶《かな》えたい願いがない。悪魔も憑《つ》かないくらい、空っぽなんだ。だから……」

「そんなことないわ！」

「……姉さん？」

不意に姉さんが大きな声を出した。黒い液面が、ゆらりと揺れる。

「ねぇ、有葉《あるは》。人を愛するというのはね。その人に、なにを与えられるかが大切なの」

「うん……」

「だからね。与えようとする側が間違っているなんて、そんなことはないわ。あなたはなにも間違っていない。間違っているとしたら、それは――」

急に姉さんの言葉が熱を帯びて、僕は反射的に身を引いてしまう。姉さんもそれに気がついて、口をつぐんだ。

「ごめんなさい。私が言いたいのは、あなたはそのままでいいってこと」

「そうかな？」

「私から、衣緒花《いおか》ちゃんに話しておくわね」

「いや、でも、これは僕の問題なんだ、衣緒花《いおか》じゃない」

姉さんは頬に手を当てて少し考えていたが、そのうちスマートフォンを取り出すと、なにかを目で確認していた。

「あら、衣緒花《いおか》ちゃん、しばらく忙しいみたい」

「それは、そうだろうけど……」

「大丈夫よ、有葉《あるは》。衣緒花《いおか》ちゃんにも、あなたにしてあげられることはあるわ」

「どういうこと？」

しかし僕の質問に、姉さんは答えなかった。

「全部お姉ちゃんに任せておけばいいの」

なにかがおかしい、と思った。なにを言われているのかわからない。でも考えれば考えるほど、自分がなにを考えているのかだんだんわからなくなる。

「さて、それじゃ出かけてくるわね。佐伊《さい》ちゃんと話さないといけないことがあるの」

「うん……」

「少し休みなさい、有葉《あるは》」

姉さんはそう言うと、マグカップを置いて立ち上がった。

歩み去るその後ろ姿はだんだんと時計回りに回転し、やがて水平になってしまった。違う。僕が、横になっているのだ。

自分ではどうしようもないほど、ひどく眠い。まだ起きたばかりなのに。二度寝をしなければいけないほど、疲れていただろうか。

目を覚ますためにコーヒーを飲もう、と思ったが、腕が上がらなかった。瞼《まぶた》が重い。体がソファに沈み込んでいく。

僕は水族館の魚のことを思い出していた。

どこからか連れてこられ、そしてどこにも行けない、魚。

口を開くと、小さな泡がこぼれた。それが意識の水面に向かって浮かんでいくのを、僕は見送った。

■

「ん……?」

意識を取り戻したのは、夕方だった。

ソファに起こした体が痛む。冷蔵庫の隅に忘れ去られて干からびたニンジンみたいな気持ちだった。窓の外からは、まさにニンジンのような赤い夕日が煌々《こうこう》と差し込んでいる。

　まるで世界からすべての音がなくなってしまったかと思うくらい静かで、僕はぱちりと指を鳴らしてみた。乾いた音はちゃんと聞こえて、僕の耳がおかしくなってしまったのではないことがわかった。そして多分、これが夢ではないことも。

　家に誰もいないことは、気配から明らかだった。なんだか最初から、この世界にひとりきりだったのではないかという気がしてくる。衣緒花《いおか》も、三雨《みう》も、ロズィも、佐伊《さい》さんも、姉さんも父さんも母さんも最初から誰もいなくて、僕は生まれたときからひとりだったんじゃないだろうか。この真っ赤な世界に僕は突然現れて、これまでのことはすべて幻だったんじゃないだろうか――

　ふと机の上を見ると、そこにはコーヒーが入ったマグカップがふたつ並んでいた。微動だにしない液面には、油の幕がうっすらと張っている。持ち上げて口をつけると、冷えきった苦味と酸味が体に流れ込む。まずい、と思った。同時に、寝ぼけていた頭が少しすっきりする。どうやらなにもかも夢ではなかったらしい。いや、当然だ。寝ぼけていたとはいえ、なんでそんなことを考えてしまったのか。

　最近どうも変な時間に寝ることが多くなってしまって、いったい今日は何日だっただろうかと、考えを巡らせる。

　ソファに投げ出されたスマートフォンに目をやると、ロズィからメッセージが入っていた。

開いてみると、そこには〈いってくる〉と一言だけ書かれていた。時間は少し前だ。どこにいってくるんだ?

と、そのとき。

視界の隅に、黒いものが映った。

最初はコーヒーをこぼしてしまったのかと思った。しかし目を向けると、そうではないことがすぐにわかる。カーペットがコーヒーでびしょ濡《ぬ》れになってしまうより、ずっと重大なものがそこにはあった。

窓の外には、犬が座っていた。

赤い夕日が逆光になって、シルエットしか見えない。前足を揃《そろ》えて背中を伸ばすその体軀《たいく》はありえないほど大きく、尖《とが》った耳がまるで角のように鋭く突き出ていた。羽ぼうきのような尻尾が、ゆっくりと空気のなかを振られている。

違う。犬じゃない。

僕が急いで窓を開けると、犬はどこかに走っていく。暑いとも寒いとも言えない奇妙な空気が体を通り抜ける。

「あれは……」

間違いない。

悪魔だ。

疫病を運ぶ、ロズィの悪魔。

なぜここにいるのだろう。

同時に、スマートフォンに通知が来る。ふたつ続けた電子音。画面には、衣緒花《いおか》と三雨《みう》の名前が表示されていた。

〈さっき犬を見かけた気がしたんです！　有葉《あるは》くん、前に犬の話をしていませんでしたか？〉

〈なんか変な犬見た！〉

僕はスマートフォンから目を上げ、もう一度あたりをうかがう。

すると、さっき走り去った犬が、遠くにいるのが見えた。さっきと同じように前足を揃《そろ》えて、尻尾を振りながら、こちらを見つめているように見える。

まずい、と思った。

恐れていたことが起きてしまった。ロズィの悪魔は病を運んでいる。犬が現れたというのなら、衣緒花《いおか》と三雨《みう》が危ない。

僕にはみっつの選択肢があった。1、衣緒花《いおか》を助けにいく。2、三雨《みう》を助けにいく。3、あの犬を追いかける。本当はその全部をやらないといけないのに、僕はひとりしかいない。考える時間はなかった。嫌な予感がする。

僕はなにかを選ぶことが苦手だ。僕には基準というものがない。衣緒花《いおか》のことは好きだ。助けにいきたい。でも三雨《みう》だって大切な友達だ。衣緒花《いおか》を助けにいって、そのあいだに三雨《みう》が病に倒れてしまったら、僕はその責任を負えるのだろうか。いや、なにが正しいかなんて誰にもわからない。確かに僕には判断基準がないけれど、材料だってまるで足りていないのだ。だとしたら。

今、できることをしよう。

僕は上着を摑《つか》むと、靴を履いて家を飛び出した。

赤い夕日が、徐々にピンク色に変わっていった。

■

僕は結局、犬を追いかけることを選んだ。

いや、それは選んだというのではなく、そうせざるを得なかったというのが正しいだろう。衣緒花《いおか》のところに行くことも、三雨《みう》の家に向かうことも、あとからでもできる。行き先がはっきりしているからだ。でも、この犬がいったいどこに向かうのか、それを知るためには今追いかけるしかなかった。ふたりについて今は無事を祈るしかない。

この犬がいったいなんなのか、予感めいたものもある。

僕はかなり長い距離、犬を追いかけた。息は切れ切れだったが、不思議と見失うことはなかった。犬は街の中を走っていったので、僕はそれを追いかけて走り続けた。心臓がエンジンみたいに爆発していて、肺が潰れた風船みたいで苦しかった。それでも僕が途中で止まったりしなかったのは、一時期さんざん衣緒花《いおか》と走らされていたことによって、ずいぶん走り慣れていたからだ。まったく皮肉なものだと思う。

走っているうちに、あたりはだんだんと暗くなってくる。紫色に変わった空に、青白い街灯が光りはじめる。

やや古びたマンションが立ち並ぶ住宅街の中に入ると、目を離した一瞬の隙、いや、文字通り瞬きのあいだに、犬を見失った。

慌てて辺りを見回した僕の目に入ったのは、一軒のカフェだった。

暗くなってきた周囲に、あたたかい色の照明が光っている。綺麗《きれい》に塗られた白い外壁の手前には、綺麗に整えられた鉢植えが等間隔で並んでいた。そこに挟まるように位置する真っ赤なドアが、ひときわ目立っている。

その横にある、小さなテラス席。

そこに、すべての答えはあった。

オレンジ色の木でできた四角い四人掛けのテーブル。

その手前に、透明な髪の背の高い少女が座っていた。

後ろ姿でも、見間違いようはない。

ロズィだ。

そして対面には、ひとりの女性が座っていた。

片側に流された長い黒髪は、一本一本定規で引いたかのように整っている。寄せられた眉の下に輝く眼《め》は鋭く細められ、冷静さと強い意志が伝わってくる。ダークグレーのスリムなスーツに白いブラウスを合わせ、首元には小さなパールのネックレスが光っていた。色使いは柔らかいはずなのに、まるで鉄板でできた甲冑《かっちゅう》のようだ。

その姿だけを見るなら、この人はどこかの会社の偉い人で、これは採用面接かなにかだと思っただろう。

でも、僕にはすぐにわかった。

彼女の目の形が、ロズィにそっくりだったから。

「だからロズィはイギリス帰りたくないって言ってるじゃん！　なんで聞いてくれないの⁉」

そう訴えるロズィの声が聞こえてくる。それはほとんど悲鳴だった。

「何度も言っているだろう。話にならない」

ロズィの母親は、低い声でそう告げる。

「私はイギリスに帰る。そう決めた。子供のお前も一緒に帰るに決まっているだろう」

「でも！」

食い下がるロズィに、母親は大きく溜息《ためいき》をついた。

「なぜそうもワガママなんだお前は」

「マミィこそ、どうしてロズィの気持ち聞いてくれないの⁉」

「同じことの繰り返しだ。そういうのをな、平行線というんだ」

「知らない、そんな言葉！」

「今学べと言っている」

「知らない知らない！　マミィなんか嫌い！　大嫌い！」

ロズィはそう言って、床を足で叩《たた》いた。振動は木組みの床に伝わって、テラス席そのものを震わせる。

「嫌いでけっこう。私もワガママな人間は嫌いだ」

しかしその震えが母親に届くことはない。まるで宙に浮いていて伝わっていないかのように、涼しい顔でソーサーを持ってコーヒーを飲んでいる。

うつむいたロズィが発する唸《うな》り声、そのやり場のなさに、僕は胸を締めつけられる。

どうしたものかと一瞬逡巡《しゅんじゅん》するが、結論ははじめからわかっていた。

あの犬が僕の前に現れて、そしてそれを追ってたどり着いたのがこの場所なら。

そのことには、きっと意味がある。

「あの……」

勇気を振り絞って小さくそう声をかけると、ふたりの目が、一斉にこちらを向いた。

「えっ、カレシ⁉　なんでここにいるの⁉」

「いや、えーと……」

「彼氏？」

その言葉に、母親が眉をひそめる。眉をひそめられて当然の言葉である。なんなら僕も同じ表情をしたいくらいだったが、つとめて冷静に言葉を継ぐ。

「その、在原有葉《ありはらあるは》、と言います。ロズィ——ロザモンドさんに呼ばれたんです。お母さんと話し合うから、一緒にいてほしいって。遅れてすみません」

傷口が広がる前にひとまずそう言って、僕は無理やりロズィの隣に座った。彼女は一瞬考えたが、すぐに切り替える。

「そ、そうなの！　ほら、ロズィ、いつも話そうとするとわーってなっちゃうから！　誰かにいてもらったほうがいいと思って！　マミィもお外で話したほうがいいって言ってここにしたじゃん？　ね？」

もちろん、そんな事実はない。

ロズィが機転を効かせ、話を僕に合わせただけだ。

自然な理由とは言えないが、一応筋は通っていなくはないその言い訳は、ロズィの頭の回転の速さをよく物語っていた。

「それはそうだが……」

母親はカップを持ったまま首をかしげ、それから納得したように頷《うなず》く。

「なるほど。ロザモンドが日本に残りたいというのは、君が理由か？」

「全然違います」

「そう！　ロズィ、この人とケッコンするの！　だから日本に残らないといけないの！　もう決めてるんだから！」

「馬鹿馬鹿しい。子供に結婚ができるか」

「違うもん！　えーとえーと、この人32歳だもん！　本当はおじさんなんだから！」

そっちのほうが問題だろう、と僕は頭を抱える。口からでまかせもいいところだ。母親もさすがに信じているわけではないだろうが、僕がどういう人間でなぜここにいるのかはよくわからないままだろう。

母親はひどい頭痛を慰めるように、額に手を当てた。

「まったく、誰に似たのかしら……」

「あの、お、お母さん」

「君にお義母《かあ》さんと呼ばれる筋合いはないが？」

呆《あき》れた顔でそう返事をされてしまう。

一瞬で入り組んでしまった話に、僕は途方に暮れる。

「あ、いや、そうではなくて、その」

こんな状況に陥ったのは人生で初めてなので、なんと呼んだらいいのかわからず戸惑ってしまう。しかし、そこは本題ではないと自分に言い聞かせる。

「とりあえず、僕はロズィの単なる友達、です」

「違うの、本当は友達のカレシなの」

「話がややこしくなるから!」

「なんでもいい」

ピシャリとドアを閉めるように、母親は言う。

「いずれにせよ、君には関係ない。まったく、時間をつくって来てみればこれだ。これ以上付き合う気はない。お前は私とイギリスに帰る。以上だ。私は仕事に戻る」

関係ないというのは真実だ、と思った。

僕はロズィの悪魔を祓《はら》わなくてはならない。そうでなければ、彼女の願いごと悪魔を引き剝がすしかなくなる。それが姉さんとの約束だった。

ただ僕にできるのは、願いを明らかにするところまでだった。ロズィの悪魔は、衣緒花《いおか》とも、三雨《みう》とも違う。僕の存在は、ロズィの願いに関わりがない。ゆえに叶《かな》えてあげることはできない。これはロズィが自分で解決しなくてはならない問題だ。

誰だっていきなり現れたどこの馬の骨ともわからない人間に、家庭の事情に口出しされたくはないだろう。

でも僕は犬を追いかけてここに来た。

そのことには、きっと意味があるはずだ。

僕にしかできないことが、ここにあるはずなんだ。

いや。

本当にそうか？

一瞬でさまざまな思考が駆け巡り、そして僕は答えを出す。選ぶ余地なんてなかった。ただ、この状況を解決するためには、多分それしかない。

「マミィ、そうやって仕事ばっかり！　逃げないでよ！」

引き止められたロズィの母親は、その言葉に顔を歪《ゆが》めた。

糸が切れるような音がしたのが、幻聴であることを、僕はわかっている。

「逃げてなどいない。そもそも日本に来たのは、やりたいことがあったからだ。今度はそれがイギリスに移った。それだけだ」

「嘘《うそ》つき」

しかしロズィはその説明を切って捨てる。僕はふたりが言い争っているあいだに、スマートフォンをこっそり取り出して、メッセージを送った。すぐに見てくれるかどうかはわからない。そうであることを祈る。しかし、これが最善手、そのはずだ。

「ロズィ知ってるもん。マミィの様子がおかしいの、ダディが日本に来てからだもん。あのときなに話してたの？」

「関係ない」

「関係あるでしょ！」

バン、とテーブルを叩《たた》いて、母親は立ち上がる。コーヒーカップが揺れて、カチャリと音を立てた。

「どうしてお前はいつもそうなんだ！　私の言うことをなにひとつ聞こうとしない！」

「マミィがロズィの話聞いてくれないんじゃん！」

僕は再び対立するふたりの間に入るタイミングを、完全に失ってしまっていた。まるで竜巻と嵐の間に挟まれた子猫のように、震えているしかなかった。わざわざ割って入っておいてこれとは情けないが、時間は稼がなくてはならない。この場から彼女がいなくなってしまえば、もう改めて説得する機会は得られないだろう。

「ワガママを言うなと言っているんだ！」

「なんで⁉　ロズィ、イギリス帰りたくないもん！　日本にいたいもん！　それのなにがワガママなの⁉」

「日本にいないといけない理由がどこにある！」

「ロズィ、モデルがんばってるんだよ？　マミィは知らないかもしれないけど！」

「モデル活動ならイギリスでやればいいだろう。日本で三流モデルをやってなにになる？」

「さん、りゅう？」

「ああそうだ。日本で低レベルなごっこ遊びを続けることになんの意味があるというんだ」

その言葉に、ロズィは黙り込む。

空気が、変わった気がした。

吹き荒れる嵐は確かに静まった。しかし代わりに、大きな波がやってくる。降り注いだ雨で器があふれるように、感情は静かに満ちる。

「違う……」

「なにが違う？」

「バカにしないで」

キン、と耳鳴りがする。

凍りついてしまったかのように、空気が軋《きし》んでいる。

「マミィなにもわかってない。なにも。ロズィだって、大事なものはあるの」

恐れていたことが、起こりつつあった。

あの犬が、テラスの外をぐるぐると回っていた。様子をうかがうように。今にも唸《うな》り声が聞こえてきそうなのに、呼吸の音すら聞こえてこない。まるではじめからそこに存在していないかのように。

「なら、お前は私の大事なものを尊重したことがあるのか？　お前たちを生んで育てるために、私がどれだけ自分を削ってきたと思っている？　ひとつくらい言うことを聞いたらどうだ？」

「なら、なんで日本に連れてきたの？」

「お前が来たいと言ったんだ。フィリップもパトリックもイーディスも、どうしてこうも自分勝手なんだ。ロザモンド、お前もだ。私はもともと子供なんか好きじゃないんだ。なのにフィリップが子供が欲しいって言うから。誰も私の気持ちなんか考えてくれない！」

「パットとエディは関係ないでしょ⁉」

耳鳴りは徐々に大きくなっていった。

そして僕は、視界に犬を見つける。

二匹目の、犬。

僕は混乱した。憑《つ》いている悪魔はひとつじゃないのか？

そしてさらに、影からもう一匹の犬が現れた。

三匹の犬。

それが僕たちを取り囲んで、様子をうかがっている。まるで獲物を狙うように。

いや、僕たちを、ではない。

ロズィの母親を、狙っているのだ。

「なんで……なんでそんなこと言うの？　だったら、ロズィ、日本に来なければよかった」

立ち上がった彼女のスカートが、持ち上がるのが見えた。その内側から、グレーのなにかが出てくるのが見える。それがなにか、僕にはすぐにわかった。

ふさふさと毛が生えた、尻尾だった。

なんの動物の尻尾なのかは、もはや明らかだ。

「ううん、ロズィ、邪魔なんだよね。なら――」

そのあとに続く言葉がなんなのか、僕はわかっていた。

――生まれてこなければよかった。

彼女がそれを言ってしまったら、なにもかも終わりだと思った。彼女はその願いを受け入れ獰猛《どうもう》な犬の姿になり、影の犬たちはすぐさま母親に襲いかかるだろう。今まで間接的に病を振りまいてきたこの犬たちに直接襲われたら、どうなってしまうのか。

「ロズィ！」

彼女に自分の上着を羽織らせ、肩を押さえて無理やり座らせる。ふえ、という情けない声をあげて彼女は椅子の上に尻もちをついた。

正面から尻尾は見えないし、周りからは上着が隠してくれる。いったんの応急処置だ。

「えっ、な、なに？」

急に腰を下ろされて、ロズィはすっかり力が抜けていた。向かいの母親の顔色を見ると、ばつが悪そうに目を逸している。

それを確認して、僕はロズィに耳打ちした。

「お尻」

「は？」

「いいから」

ロズィは自分のスカートの下に手を入れると、ひっ、と声にならない声をあげた。なにか言おうとする彼女を、僕は目で制し、あたりを見回す。

犬は、三匹ともまだ近くにいた。そのシルエットを見れば体に力を漲《みなぎ》らせ、今にも襲いかからんとしていることがわかる。聞こえないはずの唸《うな》り声が聞こえてきそうだ。待て、と言われた飢えた獣。次に起こることしだいで——ロズィの気持ちによっては、解き放たれてしまうだろう。

いまだ一触即発の状況であることは間違いない。

僕は深呼吸して考える。

犬が出現したきっかけは明らかだ。ロズィの母親が、モデル活動を軽んじたこと。病が事務所のモデルたちに広がっていることとも辻褄《つじつま》が合う。

ただ、彼女は最初からロズィの話を聞く気がない。ロズィの想《おも》いを説明しようとしても、それこそ平行線になってしまう。

とにかく今は時間を稼がなくてはならない。

それができれば、希望も見えてくる。

なら。

「どうして、イギリスに帰らなくてはならないんですか?」

「君には関係ない」

鋭い眼差《まなざ》しに、手が汗ばむのがわかった。でも、はいそうですかと引き下がるわけにはいかない。なぜなら。

「いえ。関係あります。僕はロズィの友達なので」

「他人だろう」

「そうです。でも、ロズィがイギリスに帰ったほうがいいなら、僕は説得できます。母親の言うことは聞かなくても、友達の言うことになら耳を貸すかもしれないでしょう」

一瞬、沈黙が流れた。

「はぁ!? カレシ裏切った!? なんでマミィの味方するの!?」

僕は意図的にロズィを無視すると、緊張をできるだけ悟られないように続けた。

「だから教えてください。どうしてあなたは、イギリスに帰らなくてはならないんですか?」

それは直感だった。

僕にはっきりした論理はなかった。ただ、逆に考えたのだ。本当にロズィがイギリスに帰ったほうがいいなら、それを止める方法は僕にはない。

姉さんは言っていた。分不相応な願いのほうが問題なのだと。確かに、叶《かな》わない願いを抱え続けるのなら、それは誰にとっても辛《つら》いことだろう。

悪魔は確かに、青春の切実な願いによって呼び寄せられる。

だからといって、大人に願いがないということにはならないはずだ。

ロズィのお母さんにも、願っていることがあるのではないか、と。

僕はそう、考えたのだった。

母親は動きを止めた。一瞬目が泳いだのを、僕は見逃さなかった。ロズィが言ったのは口からでまかせではあったが、なるほど第三者というのは人を冷静にさせる効果はあるのかもしれない。

鼻から長い息を吐いて、浮かせられた腰が、もう一度椅子に沈んだ。

「あなたではない。トウノだ」

そしてポケットから名刺を出すと、そっけなくテーブルの上に置く。僕は目の荒い杢《もく》の上をすべらせて、そのしっかりした紙片に六郷塔乃《ろくごうとうの》と書いてあるのを確認した。僕はなんとなく、あの塔みたいなマンションのことを思い出す。神経質で威圧的なガラス張りの外観が、目の前の人と重なって見えた。

「塔乃《とうの》、さん」

「質問に答える。話は単純だ。フィリップ――ロズィの父親に、帰ってこいと言われた」

「そもそもさ。日本に来たのって、ダディと喧嘩《けんか》したからでしょ？　マミィ、ヤバいキレ方してたじゃん」

ロズィは納得がいかないというようにそう言う。

眉間の皺《しわ》をいっそう深くして、塔乃《とうの》さんはすでに何度目になるかわからない溜息《ためいき》をついた。

「……そうだ。ようやく子育てが一段落して仕事を見つけたところだったのに、勝手に引っ越すと言われた。キレもする」

「それでマミィ家出したんだよ」

「い、家出じゃない！」

「家出でしょ。ロズィもイギリスもう疲れちゃったーって思ってたから、一緒に家出したの。なんだっけ……そうそう、ビンジョーってやつ」

「もともと、日本に仕事の当てはあった。あいつの自分勝手さについていけなかっただけだ。あいつはいつもそうなんだ。いつも人の話は聞かずにヘラヘラして、勝手になんでも決めて。そのくせ、肝心なときにはいつも私の機嫌を取って……」

そう文句を言う塔乃《とうの》さんの姿を見て、僕は自分の見え方が少し変わったことに気づく。

その表情は、厳しいというのではなく。

もう少し個人的なものなのかもしれない。

多分ロズィも同じことを思っていたのだろう。

僕と彼女は、思わず顔を見合わせた。

「あのさ。マミィ」

「なんだ？」

「イギリスに帰るのって……ダディが会いに来てくれたから？」

「それは……」

「ダディが日本まで来てごめんねって言ってくれたからってこと？」

「違う！　無理やり仕事を休んで、私のためだけに飛行機で日本まで来て、花束を持ってきて、今まで悪かった、新しい家では君の書斎を用意するって言うから……」

「なにも違わないじゃん！」

　ロズィはもう一度立ち上がって、僕は倒れそうになる椅子を受け止める。

「そんなの、最初から言ってくれればよかっただけでしょ!?」

「う……」

　塔乃《とうの》さんは顔を真っ赤にしてうつむいていた。

　その表情は、完全に少女のそれだった。

　僕はもう、すっかり毒気を抜かれてしまっていた。多分ロズィもそうだろう。

　そのまま彼女は、こうつぶやいた。

「……そうか。だから私は、ロザモンドに言えなかったのか。本当は嬉《うれ》しかったと、認められなかったから……自分の都合でロザモンドを振り回していると、そうわかっていたから……」

「え、じゃダディにはなんて返事したの？」

「その状態でイギリスに帰るって言ってたの!?」

「人間にとって大事なのは言葉ではなく行動だろう」

「はぁ……ダディも大変だ……」

ロズィは深い溜息《ためいき》をついた。それから、心底呆《あき》れた様子でこう言った。

「マミィさあ。もうちょっと大人になりなよ」

塔乃《とうの》さんの顔には、返す言葉もないと書いてあった。

僕がロズィを説得する必要は、どうやらないようだった。

そもそも、僕が首を突っ込む必要すらなかったかもしれない。

「なんかもう、本当バカみたい」

心の中で、ちょっと同意する。

それはきっと、悪魔も同じだったかもしれない。

ロズィの尻尾も黒い犬も、気がつくとすっかり姿を消していた。

悪魔はあくまでロズィの認識に従う。

それはロズィが、塔乃《とうの》さんが敵ではないと認識したことを意味していた。

「それだったら、マミィは好きにしたらいいよ。ダディとお幸せに。ロズィは日本に残るから。あーあー全部解決。みんなハッピー」

「そういうわけにはいかない」

「なんで⁉」

「ロズィ、マミィよりよっぽど大人なんですけど⁉　そっちこそやってること中学生でしょ⁉」

「ロザモンド、お前がまだ中学生だからだ」

塔乃《とうの》さんは見るからにダメージを受けた顔をしたが、小さく咳払《せきばら》いをすると、居住まいを正した。

「お、お前にちゃんと向き合わなかったことは謝る。すまなかった。余裕を失い、自分勝手になっていたのは私のほうだった。その点については罵ってもらって構わない」

「マミィのバーカ。恋する乙女やるのはいいけど、子供のこと巻き込まないでよね」

「ぐ……」

塔乃《とうの》さんは顔を赤くしている。しかしすぐに真面目な顔に戻って切り出した。

「繰り返すが、すまなかったと思っている。だから……お前がどうしても日本に残りたいというのなら、私も日本に残ってもいい。ここでの仕事も、気に入っていないくはないからな」

「ホント⁉」

「しかし、わからないことがある」

「ん？　ロズィの気持ちはぜんぶ話したよ？」

「ロザモンド、お前がイギリスで窮屈そうにしていたことは、私なりにわかっていたつもりだ。

お前はパトリックやイーディスとは違って、私に似たからな」

「は？　ロズィも別に似たくてマミィに似たんじゃないけど」

ふ、と自嘲するような笑いがシンクロする。パトリックとイーディスというのが、彼女の兄と姉の名前なのだろうことは容易に察することができた。

「同行を許可したのは、そういう理由もあった。新しい環境に行くのもいいだろうと」

「ちゃんと説明してよ！　マミィなんにも言わないんだもん！」

「だからそれは悪かったと言っているだろう！　……今問題にしたいのは別のことだ。ロザモンド、結果としてお前が日本に馴染《なじ》めていないことは、私もなんとなく気づいている。モデルを続けたいということも理解はした。しかし日本で仕事をしたところで幅は限られていることは、お前もわかっているだろう。もし本格的にモデルの仕事をやりたいなら、今からイギリスに行ってキャリアを積んだほうが有利だ。フィリップの知り合いには優秀なエージェントもいる。これまでの実績をベースにイギリスで仕事をすれば、フランスやイタリアに広げていくこともできる。もし本気でモデルとして成果を求めるなら、どう考えてもそちらのほうがいい選択だ。なぜそうしない？」

「そ、それは……」

「繰り返すが、私は考えを改めた。お前が日本に残りたいというのなら、残ってもいい。しかし、理由が理解できない。ロザモンド、お前はなぜ日本に残りたいんだ？」

ロズィはすぐに鋭く反論した。

いや、マミィはなにもわかってない、ロズィは――

いや、反論すると思った。しかし、そうはならなかった。

「え、あ、だって、モデルが……あれ、でもそれだったらイギリスに……あれ？」

開かれた口はぱくぱくと動いて、要領を得ない言葉が泡のように浮かんでは消えていく。あの日、水族館で見た魚のように。

僕は彼女を援護しようと、口を開く。しかし、そこから出てきたのは、ずっと低い声だった。

「そちらについては、私から説明させていただきましょう」

無論、それは僕の声ではない。声がするほうに目を向けると、そこに立っていたのは、長身の、スーツの男性だった。

「清水《しみず》さん！」

「シイト！」

清水《しみず》さんは立ったまま、きょとんとした顔をする塔乃《とうの》さんに頭を下げた。

「ロザモンドさんのお母様ですね。マネージメントを担当させていただいております清水《しみず》と申します。ロザモンドさんが弊社で仕事をはじめる前に、お電話ではお話させていただいたことがあるのですが……はじめまして、というほうがよろしいような気もいたします」

「これは、どうも。その、ロズィがいつもお世話になって……？」

面くらいながらも、塔乃《とうの》さんは腰を浮かせて挨拶をしていた。清水《しみず》さんが差し出した名刺を受け取り、自分の名刺を渡す。大人のコミュニケーションという感じだ。

「いえ、お世話になっているのはこちらです」

「そうだよ！　いっぱい仕事してるんだから！」

「ちょっとロズィ、静かにしていよう」

名刺入れをポケットに戻した清水《しみず》さんは、失礼します、と声をかけて、塔乃《とうの》さんの隣に腰をかけた。席はそこしか空いていないので当然だが、なんとなく不思議な配置になってしまう。事務所、保護者、本人、という座組のはずなのに、なぜか本人の隣にいるのは僕だ。やっぱり僕は邪魔なんじゃないのか。

「事情はあらかた伺っております」

しかしそんな細かなことは気にする様子もなく、清水《しみず》さんは話し出す。

「弊社としては、ロザモンドさんにはこれからも活躍してもらいたいと思っています。確かに、ロザモンドさんの才能とスタイルであれば、いずれ欧州圏に出ていくのは正しいでしょう。もともとイギリス出身だ、語学の壁もない。とはいえ、ヨーロッパではより成熟したイメージが求められるようになりつつあることも事実です。まっすぐで率直なロザモンドさんの個性は、日本の文脈でこそ憧れられるものだという考え方もあります。数年日本でキャリアを積んでからでも遅くはないと、私は考えますが」

塔乃《とうの》さんは口の端を曲げると、清水《しみず》さんに言葉を返した。

「ロザモンドを評価してくださっていることは理解しました。しかしまあ、事務所の人としてはそう言うでしょうね？」

皮肉っぽい言い方ではあったが、悪意があるというふうには聞こえなかった。清水《しみず》さんを試すようなニュアンスが感じられる。そして清水《しみず》さんも、それはわかっているようだった。

「保護者とご本人の意向が第一なのは大前提です。しかし、私の説明は本題ではありません」

「というと？」

「こちらをどうぞ」

清水《しみず》さんはそう言って、四角い鞄《かばん》から、同じく四角い本を取り出した。なかなかのサイズがあり、重くて硬そうな黒い表紙がついている。

「これは……？」

「ロザモンドさんの仕事をまとめたポートフォリオです。ご覧になったことはありますか？」

「いえ……」

塔乃《とうの》さんは、ゆっくりとその表紙を開く。

そこには、綺麗《きれい》に印刷された、ロズィの写真があった。

塔乃《とうの》さんがページをめくっていくと、いろいろな服を着て、いろいろな表情をしたロズィがそこに写っていた。僕が見たことがあるものもあれば、見たことがないものもある。

「モデルとしてのロザモンドさんをもっともよく語るのは、モデルとしてのロザモンドさんですから」

僕たちは、清水《しみず》さんの言葉を聞きながら、塔乃《とうの》さんがページをめくるのを見ていた。その中に、僕はいつかナラテルで見た写真を見つける。衣緒花《いおか》と対になっていた、狼《おおかみ》を思わせるファーがついた服。

あのときから考えると、実にいろいろなことがあった。

隣のロズィは、緊張した面持ちで塔乃《とうの》さんを見つめていた。

やがて塔乃《とうの》さんは最後のページを閉じると、大きく溜息《ためいき》をついて、眉間を指先で押さえた。

「……ロザモンド」

「なに、マミィ」

それからまっすぐにロズィを見据えた。

「悪くない」

ロズィは、返事をしなかった。でも、その目の輝きが答えそのものだった。その素っ気ない言い方が、塔乃《とうの》さんにとっては最大級の賛辞であるのだろう。

もしロズィに尻尾が生えていたら、きっとちぎれんばかりにぶんぶんと振っていただろう。いや、まだ生えたままだったらさすがに困っていたところだったが。

「清水《しみず》さん、でしたか。ご説明は理解しました。あなたが事情を理解した上でこちらにいらっしゃったということは、ロザモンドの日本での生活についても当てがあるということですね？」

清水《しみず》さんはにっこりと微笑《ほほえ》む。

「はい。弊社に所属するモデルには、保護者から離れて生活している子も多くいます。ロザモンドさんの場合はさすがにひとり暮らしというわけにもいかないでしょうが、弊社が運営する寮がありますから、そちらに入っていただくこともできます」

「……わかりました。詳しく話を聞きましょう」

塔乃《とうの》さんの言葉を聞いて、ロズィは飛び上がる。

「じゃあ！」

「はしゃぐな。まだ決めたわけじゃない。前向きに検討するというだけだ」

「えー、またまたー。マミィ、ホント素直になったほうがいいよ？」

「うるさい！　まったくこの子は……」

「では、お話を進める場合は書類などもありますので、また改めて。ポートフォリオは差し上げます。突然失礼いたしました」

「いえ……」

それだけ言うと、塔乃《とうの》さんは僕と清水《しみず》さんの顔を見比べた。

「なにかご質問などございますか？」

清水《しみず》さんの問いには首を振り、塔乃《とうの》さんはロズィを見る。

「ロザモンド」

「ん？　なに？」

「私はいい母親ではなかったと思うが。お前は自分に必要なものを、ちゃんと自分で見つけたんだな」

塔乃《とうの》さんの寂しそうな笑みの意味を、僕は感じて。

「は？　なにそれ。あ、お金？　一応これからもがんばって稼ごうとは思ってるけど」

しかしロズィには、まったく伝わっていないのだった。

「いい。これからも金くらいは出させろ。私にできる数少ないことのひとつだ」

思わず吹き出した塔乃《とうの》さんは、その言葉を証明するように、ちょっと多すぎるくらいのお金を置いて清水《しみず》さんに挨拶をすると、その場を立ち去った。

「ふう……」

僕は脱力して、硬い木の背もたれに体を預けた。

「少年、連絡してくれて助かった。礼を言おう」

「いえ。こちらこそありがとうございました。僕じゃどうにもならなかったので」

「そんなことないよ？　マミィ、いつもよりすっごく穏やかだったもん。カレシいてくんなかったらやばかったよ」

「あれで……穏やか……？」

フィリップさん、と言ったか。ロズィの父親には少し同情してしまった。あんなに気性の荒い人間が家の中にふたりもいてしょっちゅうぶつかり合っていたら、それは大変だったろう。書斎を用意するというのは、実は隔離政策の一種なのかもしれないと、うっすら思った。

しかしそれでもフィリップさんは、塔乃《とうの》さんを連れ戻すために、日本まで会いにきた。

フィリップさんは、本当に塔乃《とうの》さんのことが好きなのだろう。無理やり仕事を休んで、飛行機で日本まで来て、花束を持ってきて。単なる誤魔化しでできることではない。

いつか僕も、そうすることがあるだろうかと考える。

そのときに浮かんだのは、衣緒花《いおか》の顔だった。

僕は慌ててそれを振り払う。あまりにも先走った考えだ。

「シイトもありがと」

「ふむ。まとまってよかった。しかし、保護者との意思疎通はしっかりしておいてもらわないと、予期せぬことで仕事に支障が出かねない。仲良くしろと言うわけではないが、もう少し密に連絡を取り合ってだな……」

「えー、シイトも見たでしょ？　アレと連絡取り合うのけっこうめんどくさいよ。仕事はできるのかもしんないけど、中身中学生だもん」

「保護者をアレと言うな」

清水《しみず》さんは苦笑いすると、ふうと息をつく。

「まあ、俺も少し緊張はした」

そう言うと、店員を呼んでコーヒーを頼む。珍しく背中を少し丸めていたし、そもそもすぐに帰ると思っていたので、僕はそれを意外に思う。

「清水《しみず》さんでも緊張することあるんですね？」

「あるさ。今回は特に」

「それは、説得できなかったらどうしよう、ってことですか？」

「いや……」

清水《しみず》さんはそこで一度言葉を区切ると、店員からコーヒーを受け取り礼を言った。

「俺は、ロズィは日本にいたほうが活躍できる、と言った」

「そうでしたね」

「その言葉には、重い責任がある。緊張もするさ」

遠くを見ながら、清水《しみず》さんはコーヒーに口をつけた。

それを見て、僕は思う。

ああ、この人は本当にひとりひとりのモデルに、ちゃんと向き合っているのだと。

僕はそれくらい、真剣に向き合っているだろうか。

三雨《みう》に、ロズィに、あるいは、衣緒花《いおか》に、エクソシストとして。

いや、そもそも衣緒花《いおか》に対しては、僕はなにとして向き合えばいいのだろう？
清水《しみず》さんがコーヒーを飲む様子を見ながら、僕は衣緒花《いおか》のことを考えていた。

第7章　千の顔を持つ英雄

僕とロズィは、仕事に戻る清水《しみず》さんを見送ってから、その場をあとにした。

ひと仕事終えた気持ちで、僕は体を伸ばす。深く息を吸うと、少し埃《ほこり》っぽい街の匂いがする。

通り過ぎる自動車の音、遠くで遊ぶ子供の声が、ようやく聞こえてくるようになる。それは当然のことながら、突然聞こえてきたわけではない。耳に入らないくらい緊張していたのだということを、ようやく実感する。

「いやあ、よかった」

思わずそんな言葉が漏れる。ロズィはそれを聞いて、笑顔を僕に向けた。

「来てくれてありがとね。でも、どうしてここがわかったの？」

「ええと……」

少し迷うが、正直に話すことにする。隠してもいいことはない。事態は把握しておいてもらったほうがいい。

「犬がいたんだ」

「犬って、あの犬？」

「うん。追いかけていったら、ロズィがいた」

「そっか……」

ロズィは少し思うようなところがあるような顔をしながら、自分のお尻を気にする素振りを見せた。尻尾は今や影も形もない。そのことをロズィに伝えると、彼女は少しホッとした顔をした。

悪魔は確かに、邪悪である。ロズィの願いが病を振りまいたことはおそらく間違いがない。イギリスに帰りたくない、日本にいたいと願うロズィの想《おも》いが切実なものであるとしても、他人の仕事を不当に奪っていいことにはならないだろう。ロズィ自身の心の中にそういう願望があったということから、逃れることはできない。

ただ、悪魔が叶《かな》える願いが切実なものであったことも、今の僕にはよくわかる。

家族であるから、距離が近いから素直になれないということもあるのだろう。塔乃《とうの》さんがロズィのお父さんの話をするときの表情を見て、本当は純粋で生真面目な人なのだろうと思った。でも、それを解きほぐすことは、その場にいる人には難しい。だからきっと、僕が呼ばれた。

それは理解できる。しかし腑に落ちないこともある。

「ねぇ、カレシすごいね。本当にエクソシストなんだ。悪魔が出たのに、なんとかなっちゃったもん」

「いや、どうだろう……」

僕には全然そうは思えなかった。呼ばれて駆けつけたはいいものの、僕はほとんどなにもしていない。解決したのは清水《しみず》さんだ。

「これでロズィの悪魔、いなくなったのかな？」

「そう思いたいけど、甘く見てひどい目に遭ったから。ちゃんと姉さんに見てもらおう」

衣緒花《いおか》のときも三雨《みう》のときもそうだ。仮に今は退けられたとしても、ちゃんと悪魔を封じるまで、油断できない。家には姉さんがいるはずだ。確認してもらおう。餅は餅屋、悪魔はエクソシストだ。

しかしロズィにはそんな緊張感はなく、さっきの僕と同じように大きな伸びをした。

「あーあ、カレシがロズィのカレシだったらいいのになー。マミィには違う！　って言っちゃったけどさ。なんかもうロズィとも付き合えばよくない？　カレシに損ないじゃん」

「ダメだよ」

「なんで？」

「衣緒花《いおか》が傷つく」

うっかり真面目に返事をしてしまって、ロズィはなんだかきょとんとした顔をした。それからいたずらっぽい表情を浮かべる。

「へぇ、ずいぶん真剣に考えてくれてるね？　イオカがいなかったらいいってこと？」

「そ、そうじゃないよ」

しまった、と思いながら否定する。

しかし、心のどこかで、ひっかかるものもある。

僕は衣緒花《いおか》のあり方を、生き方を、尊敬している。その強さは、僕にはないものだ。衣緒花《いおか》は負い目を感じているようだけれど、衣緒花《いおか》に寄りかかっているのは、むしろ僕のほうなのだ。自分の空虚さを、彼女を見ることで埋め合わせようとしている自覚はある。

僕は想像してみる。衣緒花《いおか》がどんな振る舞いをしたとしても、自分勝手だ、と腹を立てて家を出るようなことは、きっと僕にはできないだろう。だから本音を言うならば、僕は塔乃《とうの》さんのことが、少し羨ましかったのだ。相手のことが好きでも、ちゃんと怒る自分があるように思えたから。

「ロズィもね。本当はわかってるんだ。カレシのことスキだけど、イオカのこともスキだから」

物思いに沈んだ僕に同期するように、ロズィも目線を落とす。僕はそのときはじめて、空がすっかり暗くなっていることに気づいた。

「イオカはね。はじめてできた、ロズィの友達なんだ。最初はムカつくこともあったけど、今は本当にそう思うの。イオカはそう思ってないかもしれないけど。ミウもそう。ロズィとイオカとミウと3人で、ずっと友達でいたいなって」

気がつくと、ロズィの手には、あの花のボールペンが握られていた。バッグから取り出した素振りはなかったから、ずっとポケットに入れていたのだろう。

「あれ、僕は？」

「カレシはね、イオカのオマケ！」

「なるほどね」

僕は苦笑するが、納得もしていた。ロズィがイオカから僕を奪おうとするのは、身につけるとちょっと大人な気分になれるアクセサリーの取り合い程度のことなのだろう。ごっこ遊びみたいなものだ。

「日本に残れることになるといいね」

「うん！」

ロズィの透明な髪を、うっすらと緑がかった街灯の光が照らしている。僕は夜の闇が、永遠に彼女に届かなければいいと思った。彼女がそう願う限り、永遠に。

そう思ったところで、ポケットがブーンと震えた。

スマートフォンを取り出すと、画面には姉さんの名前が表示されていた。

僕はロズィの様子をうかがうが、街灯に寄ってきた虫に気を取られているようだったので、気にせず通話を開いた。

「もしもし、姉さん？　どうしたの？」

「有葉《あるは》？　ロズィちゃんはどうなったかしら？」

その声の響きに、僕は少し違和感を感じる。どこか慌てているような、先を急いでいるような、そんな声色。

「大丈夫。祓《はら》えた……と思う」

「悪魔を封じる儀式はした？」

「それはまだ。念のため、これから帰って姉さんに確認してもらおうと思って……」

「身体《からだ》の変化はある？」

「出たけど、今は引っ込んでる」

「動物の影は？」

「それも同じ」

数秒の沈黙。姉さんの呼吸が、乱れているのがわかる。

「ごめんなさい。私がついていながら……衣緒花《いおか》ちゃんが……」

全身の血管がきゅっと縮んで、すべての血液が押し出されてしまったみたいだった。スマートフォンを持った手が冷えきっていくのが、自分でもわかる。

「姉さん、いったいなにがあったの⁉　衣緒花《いおか》がどうしたの⁉」

僕はやっぱり油断していた。

ロズィの悪魔を追いかけ、解決したものと思っていた。ロズィの願いが日本に残ることであることは間違いない。そうでなければ、あの犬が僕を呼びに来たりはしない。

しかし。

だとしたら、衣緒花《いおか》と三雨《みう》の前に姿を現しているのは不自然だ。

ロズィの願いが、日本に残り、さらになにかを成し遂げることにあるのだとすれば。

それが衣緒花《いおか》となんらかの関わりがあるのだとすれば。

衣緒花《いおか》が危ない。

「とにかく、衣緒花《いおか》ちゃんのところに行ってあげて」

「でも、三雨《みう》からも犬を見たって連絡があったんだ」

「そっちは私が確認する。衣緒花ちゃんのところに行って、有葉《あるは》」

「わかった」

僕が通話を閉じると、さすがに様子がおかしいことに気づいたのか、ロズィが不思議そうな顔で僕を覗《のぞ》き込んでいた。

「カレシ、どうしたの？」

「衣緒花《いおか》が……衣緒花《いおか》のところに行かなくちゃ！」

「ちょ、ちょっと待って！　ロズィも行く！」

どうしよう。

僕のせいだ。

最初から、衣緒花《いおか》のところに行くべきだった。

どうして忘れていたんだろう。自分で自分が信じられなかった。

今日、彼女がどこにいるのかはわかっている。

ナラテルの、パーティ会場だ。

僕は夜に沈む街の中を、走り出した。

押し潰されそうな心臓が不安に抗《あらが》う鼓動が、僕の脚を動かしていた。

■

「かつてジョーゼフ・キャンベルは、このように述べました。物語とは、通過儀礼であると。だとすれば、ナラテルを着る人たちもまた、服を着ることで、成熟という回路にアクセスしていると言えるでしょう。我々は、いわば未成熟な主体、いわば青春を、服をまとうことによって――」

奇妙に平板な、しかしそれでいて朗々とした声。漏れ聞こえてくるそれが手塚照汰《てづかてるた》のスピーチであることは、すぐにわかった。

それはガラス張りの迷宮みたいな複雑な構造のビルの中にあって、僕たちが正しい場所にたどり着いたことを示していた。

そう、僕たち。

走り出した僕に、ロズィもついてきていた。巻き込みたくはなかったが、万一のことを考えればひとりにするわけにはいかない。なにより、衣緒花《いおか》はロズィにとっても大切な友達だ。ついてくる彼女を拒否することは、僕にはできなかった。

落ち着いた木とさり気なく観葉植物が配されたロビーは見るからに高級で、自分の場違いさに目眩《めまい》を覚える。ロズィに目をやると、さすがにドレスアップしてこそいないものの、割合馴《な》染《じ》んで見えた。場違いなのは服ではなくて僕の存在そのものなのかもしれない、と思ったが、それ以上考えている暇はなかった。ナラテルのブランドロゴが配されているパネルを見つけたからだ。

僕は走って、会場に入ろうとする。しかし受付のスーツの男性に止められる。

「おっと、こちらはナラテルのパーティ会場ですが」

その男性はあくまで静かに、けれど強い口調でそう告げる。それはわかっている。だから中に入らないといけないんだ。

「すみません、通してください！」

「あのね、友達が中にいるの！　私、モデルだから！」

ロズィも、必死で頼んでくれる。状況を説明している暇はなかったが、いや、状況は僕にもわからないのだが、とにかくなにかが起きているということは彼女も察しているようだった。

受付はその様子を不審そうに眺めながらも、あくまで丁寧に対応する。

「お名前をお伺いしてもよろしいですか？」

「在原有葉《ありはらあるは》です！」

「少々お待ちください……リストにお名前がありませんね」

「ロズィは⁉　ロザモンド・ローランド・六郷《ろくごう》！」

「すみません、そちらも。リストにない場合は、お通しできないことになっていますが……」

僕が焦《あせ》りながら中をうかがうと、見覚えのある顔が目に入った。

「清水《しみず》さん！」

「ん、少年──それにロズィか。さっきぶりだな」

清水《しみず》さんは少し驚いた顔をすると、こちらに歩いてきた。

「衣緒花《いおか》はもう来て──いや、君は来ないということだったから、リストに入れていないんだったか？」

そう言って受付に名刺を渡してなにやら説明をすると、受付は渋々といった風情《ふぜい》で僕たちを中に入れた。

「今回は手違いということにして、俺と衣緒花《いおか》の招待枠に入れておいた。来るなら来るで事前に相談しておいてくれればこんなことはそもそもしなくていい。そういえば、衣緒花《いおか》の様子がおかしい気がするのだが、なにか──おい！」

「すみません、それどころじゃないんです！」

「な、なんだ⁉」

会場には、たくさんの人がいた。みな一様にドレスアップしているが、一見するとかなり個性的な服の人もちらほら見られる。ファッションブランドのパーティというのはそういうものなのだろう。

壇上に、手塚照汰《てづかてるた》の姿はもうなかった。天井のシャンデリアが複雑な光を落とし、グラスを片手にした談笑の中で、僕は彼女の姿を探した。祈るような気持ちで。

ようやく衣緒花《いおか》を見つけたとき、花のようだ、と思った。

彼女は壁に近いところで、静かにうつむいていた。黒い髪はシャンデリアの光を反射して艶《つや》めき、伏せられた長い睫毛《まつげ》が繊細な影を頰に落としている。いつもなら、その袖が透けたドレスも、彼女の力強い輝きに一役買っていただろう。でも今は、危険な儚《はかな》さをまとっているように見える。あの石の髪飾りを身に着けていることに、僕はわずかな安堵《あんど》を覚える。

しかしどう見ても、楽しみにしていたパーティに出席している様子ではなかった。

「衣緒花《いおか》！」

僕は彼女に声をかける。

「有葉《あるは》くん！」

声をかけられた衣緒花《いおか》の顔が、一瞬だけ明るくなる。まるでなくした指輪を棚の裏に見つけたときのように。しかしその表情は、すぐに曇る。

「イオカ、大丈夫？」

僕の隣には、追いついたロズィが立っていた。心配そうに衣緒花《いおか》の様子をうかがっている。

「ロズィも呼ばれてたんですね。そっか……有葉《あるは》くんは、ロズィと来たかったから……」

なにを誤解しているのかは、すぐに理解した。僕は慌てて否定する。

「衣緒花《いおか》、そうじゃないんだ、僕は――」

「でも、よかったです。それだけが心配だったから。パーティにも出られたし。これでもう、思い残すところはありません」

ざらりとした感触が、体を舐《な》めていった。

違う。僕は理解していない。そもそも、これは多分、誤解ではない。なにか根本的に僕の知らないことが、衣緒花《いおか》に起きている。

「有葉《あるは》くん。今までありがとうございました。私、幸せでした。もともと、分不相応な願いだったんです。でもここまで来ることができた。有葉《あるは》くんのおかげです」

誰かが僕の中に手を差し込んで、心臓を握り潰そうとしているようだった。

僕はなにか、決定的なものを見落としてきたのではないか。

間違ってはいけない選択肢を、間違えてきたのではないか。

「ロズィ。有葉《あるは》くんをお願いしますね。あなたになら、託せます」

衣緒花《いおか》はロズィに向けて、静かにそう言う。しかしその態度には、ロズィも僕と同様、戸惑っていた。

「待ってイオカ、なに言ってるの？　カレシはイオカのカレシでしょ⁉」

「私が言いたいことは、たったひとつです」

そして衣緒花《いおか》は僕に向き直ると、静かに述べた。

「有葉《あるは》くん。私たち、別れましょう」

意味がわからなかった。

どうしてそんなことをしなければならないのか。知らないうちに衣緒花《いおか》の怒りを買ってしまっていたのだろうか。それとも、やはり僕では衣緒花《いおか》に釣り合わないのだろうか。ぐるぐるといろいろな考えが頭を巡る。

そうして立ちすくむ僕に歩み寄ると、衣緒花《いおか》は。

「さよなら」

そう言い残して、去っていった。

その気配にも、僕は動くことができなかった。閃光弾《せんこう》を投げられたみたいだった。目の前は真っ白になっていて、耳は聞こえなくなっている。体が動かなかった。一歩でも踏み出せば、そのまま体は傾いて、床に倒れてしまいそうだ。

しかし、そんな僕の体を、強く動かす力があった。

「ねぇ！　イオカ追いかけなくていいの⁉」

それはロズィだった。彼女はその大きな手を僕の肩に置いて、がくんがくんと勢いよく前後に揺さぶっている。その振動が徐々に固まった意識の流れを取り戻してくれる。

落ち着け。

そう自分に言い聞かせる。

とにかく、衣緒花《いおか》の様子は、普通じゃなかった。

なにかが起きている。

本当に別れたいのか問いただすのは、そのなにかを突き止めてからだ。

「ありがとう、ロズィ」

僕はそれだけ言って、踵《きびす》を返《かえ》した。

「おい、少年、なにが起きている？　衣緒花《いおか》がさっき走って——おい！」

「すみません！　あとで説明します！」

すれ違った清水《しみず》さんにそう言って、僕は全速力で走った。

ロズィが後ろから追いかけてくるのを感じながら、あとで、などというものが果たしてあるのだろうかと、頭の片隅でそう思った。

■

「衣緒花《いおか》！」

僕が衣緒花《いおか》に追いついたのは、パーティ会場のすぐ近くにある、川沿いの遊歩道だった。

乱れた心とは裏腹に、流れる水面は穏やかだった。周りのビルが発する光が、粉々に砕かれ舞い落ちるガラスのように尖《とが》って反射している。

暗闇の中に浮かび上がる衣緒花《いおか》の姿は、川沿いに立っていた。

僕は彼女がそのまま川の中に飛び込む姿を幻視する。

彼女の存在が、それくらい危うく儚《はかな》いものになっている気がして、僕は必死で手を伸ばす。

摑《つか》んだその手は冷たくて、細くて、氷柱のようにうっかり折れてしまいそうだった。

「離してください！」

握った手は、思った以上に強い力で振りほどかれてしまう。

「どうしたんだよ、衣緒花《いおか》。話してくれないとわからないよ！」

「言ったでしょう！　もう別れようって言っているんです！」

「だから、どうして⁉」

別れたいならそれでいい。

衣緒花《いおか》がそうすべきというのなら、そうすべきなのだろう。

でも、これはそんな単純な話じゃない。

彼女になにが起きているのかわかるまでは、首を縦に振るわけにはいかなかった。

僕が強い意志を込めてじっと見つめていると、やがて衣緒花《いおか》は観念したように、震える声で答えた。

「……私、聞いちゃったんです。本当のこと。夜見子《よみこ》さんに」

「姉さん？　本当のことって……いったいなにを……」

どうして姉さんの名前が出てくるんだ。

衣緒花《いおか》とやり取りをしていたのは知っていた。知られて恥ずかしいことなら幾つも思いつくが、隠さなくてはならないようなことは、ましてや衣緒花《いおか》がこんなに傷つくような事実はなにもない。姉さんがなにかを誤解しているか、思い詰めた衣緒花《いおか》が勘違いしているか。ともかく、なにかボタンをかけちがっているだけだ。外して留めなおせば、なんだそうだったのかと元に戻るはずだ。

……本当に？

はっきりした理由があるわけではないのに、僕はこう思っていた。

間違っているのは僕のほうで。

正しいのは衣緒花《いおか》のほうなのではないかと。

僕には衣緒花《いおか》の感情が、単なる一時の感情や気の迷いには見えなかったのだ。

彼女は、決意している。

内容は箱に入ったまま見通せなかったが、その重さだけはずっしりと伝わってきていた。

「どうしてなんだ、衣緒花《いおか》」

「もう一緒にいられないからです」

「そんなことない！　約束したじゃないか。僕は君のことを、ずっと見ているって」

「いいえ。もういいんです」

「よくないよ！」

「有葉くんと別れることが私の願いなんです。叶《かな》えてくれますよね？」

その瞬間だった。

ぱきり、と乾いた音がした。枯れた木が折れるように、弱った骨が砕けるように、その小さな音は不吉に響く。

彼女の髪から、きらきらと輝く欠片《かけら》が落ちた。

それがなんなのか理解するのに、時間はかからなかった。

石だ。

僕があげた髪飾り。

悪魔が封じられた石。

そこに、ヒビが入っていた。

「え……？」

異変に気づき、衣緒花《いおか》は髪飾りに触れる。それは彼女にとっても、想定外の出来事であることが見て取れた。

「そんな……私、もう、決めてるのに……どうして……？」

その瞬間だった。

勢いよく巻き起こった炎が、眼前に迫った。熱を含んだ風が、頬を灼《や》く。さらなる温度の、予兆として。

「ダメ！　有葉《あるは》くん、避《よ》けて！」

視界が、赤く染まる。

悲鳴をあげる暇もなかった。

その炎は、僕を飲み込み、焼き尽くす。

なにも知らず、なににも気づくことがなかった愚かさに、罰を与えるように。

「……っ！」

しかし炎が僕にたどり着こうという瞬間、目の前に黒いものが飛び込んだ。

それは僕と炎の間に滑り込み、炎を受け止め、そのあと地面に着地する。四本の足で。

そこにいたのは、まるで影のような、黒い犬だった。

「これは……」

「よ、ようやく追いついた……」

　そして僕の後ろから姿を現したのは。

「ロズィ！」

「カレシ、意外と足速い……」

　ぜぇぜぇと息を切らせる彼女の姿に、僕は息を呑《の》んだ。

　その髪からは尖《とが》った耳が生え、ぴんとまっすぐに立てられている。手の先は毛で覆われ、鋭い爪と肉球が覗《のぞ》く。スカートの下からは、見覚えのある尻尾が飛び出ていた。

　そしてその足元には、さっきの黒い犬が従うようにまとわりついている。

「ロズィ、その姿は、なんで……」

　やはり、悪魔は祓《はら》えていなかった。そういうことだ。そしてその姿が変わってしまっているということは――

「危ない！」

　衣緒花《いおか》の叫び声とともに、炎がもう一度飛んでくる。しかしそれを、その大きな手、いや、前足で、叩《たた》き落《お》とした。

「あっつ！」

　どうやら感覚は普通にあるようで、ぶんぶんと振って冷ましている。

それからロズィは衣緒花《いおか》を見据えると、こう言った。

「ねぇ、ロズィね、ちょっとわかってきたんだ。自分の願いがなんなのか」

衣緒花《いおか》は唇を噛《か》んだまま、それを受け止めている。すう、と息を吸って、ロズィは続けた。

「ロズィ、最初はイオカに勝ちたかった。モデルの世界で、はじめて認めてもらえたから。そこでもっともっと活躍したいと思ってた。そしたらここにいてもいいって、もっと思えるって。でも、本当にロズィが欲しかったものは、もう手に入ってたんだ。ロズィはね、それをなくしたくなかっただけなの」

長く伸びた犬歯が、笑う彼女の口からのぞく。

「ロズィね、モデルがやりたいから、日本に残りたいんじゃない。イオカと、ミウと、一緒にいつまでも、くだらないことしたり遊んだりしたい。仲良くしていたい。それがロズィの願いなんだ。だからイオカ。ちゃんと話してよ。相談してよ。どうせカレシにもなんにも言わないで、自分で決めちゃったんでしょ」

僕はようやく理解する。

ロズィが本当は、なにを願っていたのか。

優しく包み込む太陽のようなあたたかさが、彼女の言葉からは滲《にじ》んでいた。

しかしその気持ちは、冷たい風にかき消される。

「話すようなことはなにもありません。私は、もう決めたんです」

頑《かたく》なその態度に、ロズィは地面を足で踏み鳴らした。

「ホント、バカじゃないの⁉　イオカはいっつもそう！　意地張ってばっか！　カレシ困ってんじゃん！　なんでそんな子供なの⁉」

「なにも知らないあなたに、そんなこと言われる筋合いはありません！」

「わかんないから聞いてるんだもん！」

「話して解決するようなことだったら！　とっくにそうしてます！　このまま有葉《あるは》くんを焼いちゃったら、本末転倒なんです！」

「ああ、もう！　ぜんぜん意味わかんない。そんなんだから悪魔が暴走するんだよ。ロズィのこと見てよ。正直だから、悪魔も力を貸してくれてるよ？」

「こんなときにマウントですか⁉」

「うん。だってイオカ、バトル大好きじゃん」

「そ、そんなこと……！」

「だから今回も付き合ってあげるよ。気が済むまで。話してくれるようになるまで。だって……イオカはロズィの大事な、友達だもん！」

叫びとともに、ロズィが踏み込んだ。

その毛皮に覆われた足が地面を蹴って、しなやかな体を弾丸のように押し出す。対して衣緒《いお》花《か》はそれを受けない。ふらふらとよろめきながら一歩退くだけだ。しかし彼女の炎は違う。逆巻きながらロズィに伸び、彼女の歩みを止める。逆側から飛びかかる黒い犬の影も、まるでじゃれつく子犬のように炎であしらわれる。

その応酬を前に、僕は体を動かすことができなかった。

代わりに、とめどなく思考は駆け巡る。

なぜ。

いったいなにが起きているのか。

衣緒花《いおか》は姉さんになにかを聞いた、と言っていた。その結果、僕と別れるに至ったと。もちろん、彼女には僕を嫌う権利も、別れる権利もある。しかし、それが衣緒花《いおか》の本心だとはどうしても思えなかった。

だって、それがもし、本当に衣緒花《いおか》が願っていることなのだとしたら。

「ロズィ！　退《ど》いてください！」

「やだに決まってんじゃん！」

アミーがこんなふうに暴走したりはしない。

悪魔は語らない。それは現象であり、人格ではないからだ。けれどだからこそなによりも雄弁である。ロズィの本当の願いは、友達と一緒にいたいだった。モデルとして仕事を増やすことは、日本に滞在を続けるための手段にすぎなかった。あの犬は、衣緒花《いおか》や三雨《みう》を襲おうとしていたわけではない。むしろ助けを求めていたのだ。友達に。そして母親に向けてその力が放たれそうになったのは、友達を馬鹿にされたと思ったからだ。

衣緒花《いおか》の願いは、見ていてほしい、だ。僕はそのことをよくわかっている。だから衣緒花《いおか》のことを見てきた。いつでも彼女のそばにいて、見守ろうとしてきた。彼女はそこから抜け出そうとしている。そうしなければならないと思っている。本当は望んでいないのに。

そう、逆に考えるべきだ。

彼女がその願いを曲げてまで守りたいものは、いったいなんなんだ？

そのとき、ブォンという低い音がした。続くキュッという高い響き。

それがエンジンとブレーキであることを理解したのは、振り向いてその自動車を確認してからだった。

白い車体に、赤と黄色があしらわれたサソリのエンブレム。

「やれやれ、君たち少年少女は相変わらず元気だね」

そこから降りてきたのは、見慣れた眼鏡の顔だった。

「佐伊《さい》さん！」

「ふう。間に合ってよかった。弟くんが黒焦げじゃ、夜見子《よみこ》に合わせる顔がないからさ」

あたりを見回して、佐伊《さい》さんはそう告げる。ポケットに手を入れると、お菓子の代わりにタバコを取り出して、口にくわえた。しかし、火はつけないままだ。

「え、なんでここにいるの？」

驚くロズィと対照的に、衣緒花《いおか》は落ち着き払っていた。

まるで、最初からわかっていたとでもいうように。

「佐伊《さい》先生……もう、時間なんですね」

「ああ。準備は整った。衣緒花《いおか》くん」

「はい……」

衣緒花《いおか》はふらふらと、佐伊《さい》さんに近づこうとする。

しかし、逆巻く炎はまだ収まっていなかった。

それが佐伊《さい》さんを襲おうと、高く伸びたそのとき。

「落ち着け、アミー」

佐伊《さい》さんははっきりと、そう言った。

それを合図にしたように、炎は急激にしぼんでいく。そして地面に落ちると、衣緒花《いおか》の影の中に消えてしまった。

気がつくと、佐伊《さい》さんのタバコには、火がついていた。

「私は天才ではないけれどね。事前にわかっていれば、まあこれくらいのことはできるさ」

そう言って、煙を吸い込むと、ふう、と吐き出す。

「衣緒花《いおか》くん、私もね、すまないとは思っているんだ。でも、これは私と君が、やらなければならないことなんだよ」

「わかっています。私が……自分で願ったことですから」

衣緒花《いおか》はそう言うと、促されるままに車の後部座席に乗った。

「待ってよ、佐伊《さい》さん。どういうこと⁉」

「そうだよ、イオカをどこに連れてくの⁉」

佐伊《さい》さんは僕の顔をじっと見つめてから、ロズィに目線を移した。

「君まで一緒に来たのは、ちょっとびっくりしたよ。まあ、大したことじゃないといえばそうだけど」

「イオカは、ロズィの友達だもん！　連れていかないで！」

そう叫ぶと、ロズィは悪魔の姿のまま佐伊《さい》さんのところに飛び込む。

「座れ、ナベリウス」

佐伊《さい》さんがそう言った瞬間だった。

「え……な……」

ロズィの体が、その場に崩れ落ちた。そしてその場に、彼女は座り込んでしまった。

まるで飼い主に命令された、犬のように。

「なんで……体が……動かない……！」

「ふむ。お手、とは言わないでおいてあげよう。別に君をいじめたいわけじゃないからね」

そう言って、取り出した携帯灰皿に灰を落とした。どこかで見覚えのある灰皿だった。

「佐伊《さい》さん、説明してよ。なにが起きてるの？」

「悪いけど、それは今じゃない」

「そんなの関係ない！　なにが起きてるのかって聞いてるんだ！」

しかし佐伊《さい》さんは、どこか悲しそうに口の端を歪《ゆが》めると、煙を吐き出す。

「さて、私から君に、ひとつお願いがあってね」

「え？」

「車に乗って、私と一緒に来てほしいんだ」

タバコを口から外して、佐伊《さい》さんはにっこりと微笑《ほほえ》む。

「嫌だ。ちゃんと説明してもらえるまで、僕は動かない」

「仕方がないなあ」

僕は佐伊《さい》さんを睨《にら》みつけた。ありったけの力を込めて。

しかしそれが無駄な努力であったことを、僕は思い知ることになる。

「車に乗るんだ、有葉《あるは》くん」

「いや……だ……」

「残念だけど、君は抗《あらが》うことができない」

その言葉は、本当だった。

「ど、どうして……！」

体が動かなかった。

まるで自分のものではないみたいに。

いくら力を入れようとしても、神経がすべて切れてしまったように、まったく体に伝わらなかった。まるで金縛りだ。動けないだけではない。僕の体は、車の後部座席に乗り込んでいく。僕の意志とは関係なく。

「どうして、か。その答えは明確だ――」

佐伊《さい》さんは運転席に滑り込むと、タバコを車内の灰皿に押しつけた。

「――君が君だから、だよ。弟くん」

ぐったりとした体が傾くと、隣の衣緒花《いおか》が、それを受け止めた。腕にきゅっと力が込められたのがわかる。もう二度と離さないというように。体はまったく動かないのに、彼女の柔らかな感触だけが伝わってくる。

衣緒花《いおか》は泣いているように思えた。

僕の理解とひざまずくロズィを置き去りにして、僕と衣緒花《いおか》を乗せた車は、低い音を立てて走り出した。

第8章

あのときふたりで見た星空

AOHAL DEVIL 3

目を覚ましたとき、僕は後部座席にひとりで横たわっていた。

隣にいたはずの衣緒花《いおか》も、運転席にいたはずの佐伊《さい》さんも、今はいない。窓の外には夜の闇が広がっている。

一瞬、僕は世界にたったひとりなのではないかと思った。

誰もが僕を残して、消えてしまった世界。

しかしそれが単に寝ぼけた頭の錯覚であることを、僕は覚醒とともに徐々に自覚していく。

自分の手の平を見つめて、ゆっくりと指を動かしてみる。

握る、広げる。握る、広げる。握る。

どうやら体のコントロールは戻ってきているらしい。

僕は額の汗を拭うと、恐る恐るドアを開けて外に出た。

そこに待っていたのは、宵闇に光り輝く、街だった。

真っ暗な夜の中に、無数の強い光点がバラバラに輝いている。白、黄色、緑——川の水面に映った色とりどりの光は、流れの中で乱反射しながら歪んでいく。まるで地上と夜空がひっくり返って、天に立っているみたいだった。あるいは異世界にでも降り立ってしまったのか。

しかし闇に目が慣れていくうちに、視覚は別のものを捉えはじめる。

張り巡らされた鉄骨と、縦横に走るパイプライン。その建造物は幾つものレイヤーに分かれ、それぞれを階段が結んでいた。

それは一見無秩序に見えながらも、不思議に規則性を感じさせる。

あるいは機能美、とでもいうのだろうか。

それが見た目ほどロマンチックな施設ではないことに、僕は気づく。

これは、工場だ。

逆巻市《さかまきし》には、埋立地にゴミ処理センターがあると聞いたことがある。いつか見た写真のおぼろげな記憶に、目の前の威容は一致していた。

「あら有葉《あるは》。起きたのね？」

そう声をかけられ、振り向くと。

眼帯に片目を覆われた笑顔が、そこにあった。

「どう？　綺麗《きれい》でしょう？　特別な日だから、なんでもない場所よりは、こういうところのほうがいいと思って。……なんて、単にちょうどいい場所がここくらいしかなかったのだけれど。狭くてもダメだし、人目があってもいけないしね」

どことなく嬉《うれ》しそうに、姉さんは言う。

姉さんが言っている内容を理解する前に、僕の目に飛び込んだもの。

それは、縛られた衣緒花《いおか》の姿だった。

彼女は折り畳みのパイプ椅子に座らされていた。開かれた両脚は細いロープのようなもので片方ずつ椅子の脚に固定され、背中に回された腕は。おそらく後ろ手に縛られているのだろう。

暗い地面に落とされた彼女の瞳には、なにも映っていないように見えた。

「衣緒花《いおか》！」

彼女はちらりと僕のほうを見たが、すぐに目を戻す。

一瞬で感じ取ることができたのは、崩れ落ちた瓦礫《がれき》のように乱れた感情だけだった。

「ああ、心配しないで。これは念のためよ。儀式の最中、万一事故があっては大変だから。あなたの彼女に、乱暴なことはなにもしていないわ。大事な体——いえ、大事な命だものね」

そう言って、姉さんはポケットから取り出したタバコに火をつける。まるで森の中で獲物を探る獣のように、煙は闇の中に手を伸ばし溶けていった。

僕は自分の心が軋《きし》むのを感じた。

いったいなにが起きているのかはわからない。

けれどそれがなんであるにしたって、衣緒花《いおか》のあんな姿は、正しくない。

「姉さん、どういうことなの？　なにか理由があるんだよね？」

「それについては、私から説明しよう」

返事をしたのは、姉さんではなかった。

暗闇の向こう、姉さんの隣に姿を現したのは、佐伊《さい》さんだった。

「佐伊《さい》さん⁉」

「やあ。よく眠れたかい？」

両手を白衣につっこんで、佐伊《さい》さんは微笑《ほほえ》む。姉さんと佐伊《さい》さん。その並びから感じてきた親密な空気は今や凍りつき、氷のように閉ざされていた。

「珍しいわね、佐伊《さい》ちゃん？」

首をかしげる姉さんに、佐伊《さい》さんは小さく笑った。

「一応、弟くんは私の生徒だからね。責任も感じているのさ」

姉さんは微笑《ほほえ》んで、それ以上なにも言わなかった。

佐伊《さい》さんの言葉にどことなく悲しみが滲《にじ》んでいる理由がなんなのか、僕が理解する前に、佐《さ》伊《い》さんは説明を続けた。

「弟くん。君は違和感を抱いたことはないかい？」

「違和感？」

「君はあまりにも、エ、ク、ソ、シ、ス、ト、と、し、て、優、秀、す、ぎ、る。私や夜見子《よみこ》は悪魔についての専門家だ。悪魔というのはね、少なくともそれにまつわる専門家がいるような分野なんだよ。他人の願いを突き止め、それを叶《かな》える。それを君は、軽々やってしまう」

「でも、それは佐伊《さい》さんがやれって言うから！」

ふ、と自嘲するように、佐伊《さい》さんは笑みを浮かべた。

「私もね。君には才能があると思ったんだ。さすが夜見子《よみこ》の弟だ、とね」

「だから僕に、エクソシストをやらせたの？」

「違うよ。それは結果論さ。私は単に、私の主義に従って、君が解決すべきだと思っただけだ。まあ衣緒花《いおか》くんも三雨《みう》くんも、その願いははじめから君と関わっていたからね。自然な流れだろう。もっともそこには別の前提もあるけれど」

僕は目の前の衣緒花《いおか》を見る。椅子に縛られたままの彼女は、目を伏せたまま、ゆっくりと呼吸をしていた。

これがいったいどういう状況なのか、僕にはまだわかっていなかった。姉さんと佐伊《さい》さんが、なぜこんなことをしているのかも。なにかの誤解であってほしいと祈りながら、僕は今なにが起きているのか理解しようと努力した。

「僕はなにもしてない。三雨《みう》の願いだって、衣緒花《いおか》が叶《かな》えたんだ」

「確かに、仕上げをしたのは衣緒花《いおか》くんだった。でも、三雨《みう》くんの願いを特定したのは君だ。そう、君には才能がある。そしてその才能は、他人の願いに敏感であるということだ」

「それって、どういう……」

「こう言い換えようか。君は、他人の願いばかり叶えている」

「そんなことない！」

僕が言い返すと、佐伊《さい》さんはやれやれ、といったふうに首を振った。

「自分でなにかを決めるのが、とても億劫《おっくう》だったり難しく感じたことはないかい？　なにかを選ばなくてはならない状況で、躊躇《ちゅうちょ》したことは？　たとえばお店で食べ物や飲み物の注文を、自分で決められなかったり。あるいは自分の願いを聞かれて、うまく答えられなかったことは？」

「なにを……言って……」

「進路調査票。君は出したのかな？」

場違いなその言葉が、端に折れた跡のついた一枚の紙を僕に思い起こさせて。

そしてその鋭いエッジが、僕の心をまっすぐに切り裂く。

「ぼ、僕はただ、悩んでるんだ。当たり前でしょ？　まだ高校生なんだ。未来のことなんてわからないよ！」

「なら、過去のことはどうだろう。自分が自分でないような感覚を感じたことはないかい？　君のお父さんとお母さんが亡《な》くなる前のことが、うまく思い出せなかったりは？　自分の家を、どこか他人の居場所のように感じたことは？」

「さっきから、意味がわからないよ。なにに関係あるの？　衣緒花《いおか》を、衣緒花《いおか》を離してよ！」

言葉では反論していたが、頭ではわかっていた。

佐伊《さい》さんの言うことは、すべて正しい。

そしてその理屈の先になにが待っているのか、僕は心の奥底では気づいている。

「有葉《あるは》くん。君にはね。願いがないんだ」

そうして佐伊《さい》さんは、容赦なく僕に事実を突きつける。

「食欲、睡眠欲、性欲——そういう低次の欲望はもちろんある。それは純粋に、身体《からだ》に付随するものだからね。でも、君には高次の欲望がない。そう、たとえば悪魔が反応するような願いがね。だから悪魔に対して強く出られる。悪魔が君に憑《つ》かなかったのはそのためだ」

「違う……僕は……」

「私も気づいたのは、夜見子《よみこ》の研究を読み解いてからだ。厳密には、君について考えることが、夜見子《よみこ》の研究についてのヒントを与えてくれた、ということだね。まあ、その直後に夜見子《よみこ》が帰ってきちゃったから、それは間に合ったとも言えるし、間に合わなかったとも言えるんだけど……この話はやめようか。自分の無能を告白しているみたいで、嫌になる」

「僕は……！」

全身を、嫌な予感が駆け巡っていた。黒猫とカラスの死体が折り重なっているみたいだった。

いや、僕が抱いているのは、本当は確信だ。ただ直面するのが怖くて、予感ということにしておきたかっただけだ。まるでホラー映画の決定的なシーンで、目を閉じ耳を塞ぐ子供のように。

「まあ、そういうわけで、だ。長々と説明してしまったけどね。悪魔の研究者として、保健の先生として、そして君のお姉さんの親友として。私は君に結論を伝えなくてはならない――」

聞きたくなかった。

知りたくなかった。

なにもわかりたくなかった。

なのに。

僕がどれだけ願っても。

真実は、真実であることをやめてはくれない。

佐伊《さい》さんの唇が、ゆっくりと動いて。

悪夢が現実に染《し》み出すように、その言葉は放たれてしまう。

「弟くん。君は、悪魔《ヽヽ》なんだ」

考えるより先に、体が動いていた。

衣緒花《いおか》に向かって、僕は走る。踏み込み、蹴り出し、彼女に手を伸ばす。

しかし彼女は、うつむいたまま僕を見ない。

指先が、椅子の彼女に届こうとした瞬間。

声が聞こえた。

姉さんの声が。

空気の振動が耳に届いて、頭が意味を理解するより早く、視界が揺れた。

「伏せなさい、有葉《あるは》」

まるで重力を失ったように、視界は歪《ゆが》み、回転していく。

衣緒花《いおか》の姿は、遠ざかり。

僕は地面に倒れていた。

「違う！　僕は……僕は！　在原有葉《ありはらあるは》で！　姉さんの、夜見子《よみこ》の弟で！」

僕は今すぐ立ち上がらなくてはならなかった。立ち上がって、衣緒花《いおか》を縛っているロープを解き、ふたりでこの場をあとにしなくてはならなかった。どんな真実も、僕たちには関係ない。ふたりでなら、この悪夢から抜け出せる。

そのはずだった。

喉に焼けるような痛みを感じて、目から流れた涙が地面を濡《ぬ》らしているのがわかった。

なのに、立ち上がることは、できない。

僕はその場に這《は》いつくばっていた。

まるで犬のように。

「ごめんね、有葉《あるは》。今あなたに、自由に行動してもらうわけにはいかないの」

本当に申し訳なさそうに、姉さんは言う。その嘘《うそ》偽りない感情が、突きつけられたものを真実として裏書きする。

姉さんは言った。

悪魔を支配することができる、と。

今までもそうだった。姉さんになにかを言われると、体がそう動いてしまうことがあった。

姉さんは、僕を支配し続けてきたのだ。

僕が、悪魔だから。

「嘘《うそ》だよね、姉さん。僕が悪魔だなんて。そんなことないよね？」

姉さんは屈《かが》んで、倒れた僕の頬に手を当てて。

そのあたたかさが、焼きごてのように心に傷を作る。

「今まで隠していてごめんなさい。でも、許して。全部、あなたのためだったの」

「そんな……僕は……だって、ずっと一緒だったじゃないか！　家族だったじゃないか！　姉さんがいなくなるまで、僕たちはきょうだいで、父さんと母さんもいて！」

静かに、しかしはっきりと、姉さんは首を横に振った。

「教えてあげるわ。3年前のあの日。いったいなにがあったか——」

■

あの日、私たちはちょっとしたキャンプに行ったの。お父さんと、お母さんと、有葉《あるは》と、それから私。なんでそんな話になったのかは、よく思い出せないわ。私も有葉《あるは》も、もうキャンプではしゃぐなんて年じゃなかったし、お父さんもお母さんもそういうのが好きってわけじゃなかったから。なにかの気まぐれだったんでしょう。

それでも、やってみると楽しかった。みんなでテントを組み立てて、バーベキューでお肉も焼いたわね。お父さんは炭を起こすのがとんでもなく下手で、お母さんが呆《あき》れながら引き継いで。ソーセージの最後の一本をうっかり私が食べちゃって、あなたは膨れていたっけ。子供みたいって笑ったら、そんなんじゃないって、けっこう真剣に怒ってた。

夜になると星がすごく綺麗《きれい》だった。お父さんとお母さんは早々《そうそう》に寝ちゃって、でも私はなんだか寝ちゃうのがもったいなくて、寝袋から夜中に起き出した。あなたも起きてきて、キャンプ用の小さな椅子に座って、一緒に星を見た。

そのとき私はもう研究の道に進むことを決めていて、でも本当にそれでいいのかって悩んでた。いいえ、仕事がどうとか、そういうことじゃないわ。ただ、このまま悪魔に関わり続けていく勇気が——覚悟が決まっていなかったのだと、今ならわかる。でもそのときは、本当に悩んでいたのよ。

それをぼそっと言ったらね。有葉《あるは》はこう言ったの。

姉さんのやらなければならないことなら、やるべきだ、って。

不思議だな、と思ったわ。お父さんともお母さんとも、それからあなたとも、私は特に仲がいい家族と感じたことはなかった。でも、当たり前だったから気づかなかったのね。

気がつくとすやすやと寝息を立てるあなたの寝顔と、空に輝く星を見て、私は誓った。

もう二度と、自分がやらなければならないことから目を逸《そ》らさないと。

全部昨日のことみたいに思い出せる。

――そのあとのことも。

私たちは帰りの車の中にいた。お父さんが運転してて、お母さんはなにか話しかけてた。寝不足の私は後部座席でぼうっと窓の外を見ていて、あなたは隣で寝ていたわ。

いきなり大きな衝撃があった。

なにが起きたのか、最初はわからなかった。

ものすごい力で、体が後ろに引っ張られた。首が取れるかと思ったわ。実際には、体が後ろに引っ張られていたんじゃなくて、私たちが乗っていた車が対向車と正面衝突して、その場に体が残ろうとしていたのよ。慣性の法則でね。

お父さんとお母さんはね。即死だった。見てすぐにわかったわ。車のフロントはぐしゃぐしゃに潰れていて、ふたりとも押し潰されて死んでいた。真っ白なエアバッグが真っ赤になってた。人間の形をしていなかった。

私は隣の席を見たわ。有葉《あるは》、そこにあなたの顔を見たとき、私がどれだけ嬉《うれ》しかったか、わかる？　よかった。有葉《あるは》は無事だったって。

なにもかも受け入れられない中で、でも確かに失ったのだという予感だけがある中で、それだけが救いだった。

私は抱きしめようとした。

でもね。

ダメだったのよ。

あなたは助かってなかった。

ぐらり、って、頭が変な方向に曲がったわ。

衝突の衝撃で、首が折れてたの。

何度も戻そうとした。あなたの頬を摑《つか》んで、必死で。いろんな角度を試した。でもね。どんなにまっすぐにしても、私が手を離すと、すぐに落ちてしまうのよ。

私はあきらめて、シートベルトを外してドアを開けたわ。どこが痛いのかわからないくらい全身が痛かった。私が出てすぐに、車は燃え出した。事故を起こした車のおじいさんの頭が割れているのが、フロントガラス越しに見えたわ。

誰にともなく、私は願った。

家族を返してください。

あなたも知っているでしょう。悪魔は青春の切実な願いを叶《かな》えるものよ。

私は大人だったから。悪魔は来てくれなかった。

でもね。その代わりに、もう悪魔を研究する道を歩んでいた。

だから人よりちょっとばかり、お願いが上手だったの。

お父さんとお母さんの血で、召喚の魔法陣を書いたわ。理論はすべて頭に入っていた。体は痛んだけれど、頭は怖いくらいすっきりしてた。お父さんとお母さんの残った部分を燃え盛る車から引きずり出して、アスファルトの黒いざらざらした面に、夢中で円と記号と呪文とシジルを書いた。

願いは、家族を生き返らせること。

でも、全員分は無理だってわかっていた。

だから有葉《あるは》、せめてあなただけは救おうと思った。

代償は、お父さんとお母さんと、有葉《あるは》、あなたの肉体。

それを全部、悪魔に食わせたわ。

そうして悪魔は、あなたの姿と記憶を宿した。

でもそれだけじゃ足りなかったの。

その姿を維持するためには、さらなる代償が必要で。

私は自分の右目を捧《ささ》げたわ。

でも、それで買えたのは、たったの４年。

中学生だったあなたが、高校生になって、卒業するまで。

それがすぎると、あなたは悪魔の姿――実体のない影に戻り、そして消えてしまう。

あるいは、こう言い換えることができるかもしれないわね。

有葉《あるは》。あなたの命は、青春を終えるまで。

だから私は旅に出たわ。

あなたの命を、永らえさせるために――

■

「そん、な……」

信じられなかった。

まるで頭の中をミキサーにかけられたみたいだった。すべての情報が頭の中でぐるぐると周り、砕け散り、撹拌《かくはん》される。これまでの記憶も、抱いていた想《おも》いも、なにもかもすべて。

僕は、僕じゃなかった。

在原有葉《ありはらあるは》は、悪魔だった。

けれど、僕にはわかっていた。わかりたくないけれど、僕の思考はそれを受け入れていた。

佐伊《さい》さんが言ったことも、姉さんが言ったことも。

そう考えれば、すべての辻褄《つじつま》が合う。
合って、しまう。
父さんと母さんと一緒に死んで、姉さんの片目ぶんの生命を与えられた、仮初《かりそめ》の影。
それが僕だ。
足元が割れて、奈落の底に落ちていくような感覚が、僕を支配する。
なんて馬鹿なんだろう、と僕は思った。
自分がどんな人間でなにができるのか、ずっと悩んできた。
この先どこに向かえばいいかも。
でも、そんな必要は、最初からなかったんだ。
与えられた4年のうち、3年をすでに生きた。
残された時間は、残り1年。
僕が僕であるという過去も。
これから生きていくという未来も。
どちらもはじめから存在しない。
砂漠の真ん中みたいに、乾いた笑いが漏れた。
僕には。
なにもなかったんだ。

最初から、最後まで。

「姉さん、僕、死ぬの？」

死にたくなかった。

せっかく出会ったのに。せっかく自分を見つけられそうだったのに。

それがもうすぐ終わりだなんて、認めたくなかった。

けれど優しい微笑《ほほえ》みとともに、姉さんは首を横に振った。

「大丈夫よ、有葉《あるは》。あなたは消えたりしない。せっかく救った、私のたったひとりの弟。そのために、私はここにいるんだもの」

粉々に割れた欠片《かけら》を繋《つな》ぎ合《あ》わせるように、一枚の絵がそこに現れる。

姉さんが、いったいなにをしようとしていたか。

そして、これからなにをしようとしているか。

「仕組みは簡単よ。失われた命を贖《あがな》うためには、命が必要なの。私の眼《め》で繋《つな》げたのは4年だった。なら、誰かに全体を捧《ささ》げさせればいい。残りの寿命、全部をね。そうすれば有葉《あるは》、あなたは本来あるはずだった人生を取り戻せる」

姉さんはそう説明しながら、ポケットからタバコの箱を取り出した。

「あなたは悪魔であるがゆえに、願いを持った人を引きつける。そして無意識にその願いを叶《かな》えようとする。衣緒花《いおか》ちゃん、三雨《みう》ちゃん、ロズィちゃん——3人も悪魔憑《つ》きが現れて、おかしいとは思わなかった？　あなたの周りには、願いを叶《かな》えてほしい人が集まる。そしてそうなれば、そこには他の悪魔が集い、悪魔憑《つ》きが生まれる。鯨の周りに魚が集まるように、ね」

そしてタバコを口にくわえると。

「佐伊《さい》ちゃんの言葉を借りれば、そうね――」

隣に立っていた佐伊《さい》さんが、そのタバコに火をつけた。

「――あなたこそが、青春の元凶なのよ」

まるで最初からそうすることがわかっていたかのように、あるいはこれまで何度もそうしてきたように、完璧な動きだった。主人と下僕。そんな関係さえ感じさせた。

姉さんが息を吸うと、炎が赤く灯《とも》って。

ノイズのような音が、僕の耳元で鳴り続けていた。

僕は気づいていた。

もっとも否定されたくないものが、否定されようとしていることに。

「有葉《あるは》の周りには、遅かれ早かれ悪魔憑《つ》きが発生する。そして佐伊《さい》ちゃんなら、きっとそれを自然に解決しようとする。いえ、悪魔が有葉《あるは》と関連しているとわかれば、有葉に祓わせる」

「聞きたくない……」

「あなたの悪魔としての性質は、絶対に人助けをせずにはいられない。祓《はら》ってほしいと思う悪魔憑《つ》きを前にしたら、祓《はら》わずにはいられない。その根本的な原因が、自分にあると気づかずに」

「どうして、こんな……」

「私は確信していたわ。あなたが身を挺《てい》して誰かを助けていけば、あなたのことを好きになる人が出てくるって。まあ、さすがに3人も出てくるとは思わなかったけれど。あれ、ロズィちゃんは結局あなたのことは好きにはならなかったのかしら？　どっちにしてもモテるわね、有《あ》葉《は》。私の自慢の弟だわ」

「もう嫌だ……嫌だよ……」

「命を捧《ささ》げてもらうにはね、同意が必要なのよ。それも表面だけじゃない。心から、魂から、自分の命をあなたに捧《ささ》げてくれる、そういう人が必要だった。あなたのためなら死んでもいいと思うくらい、あなたのことを愛してくれる人が。そしてちゃんと現れてくれた――」

姉さんは夜の闇の中に煙を吐くと。

椅子に拘束された衣緒花《いおか》の肩に、手を置いた。

「――ね、衣緒花《いおか》ちゃん？」

衣緒花《いおか》の長い髪が、風に揺れる。工場の煌々《こうこう》とした光が、彼女の白い肌を照らしている。

僕は彼女の目を見た。厚い睫毛《まつげ》に彩《いろど》られた、切れ長の目。

出会ったときは目を合わせるだけで緊張したのに。

気がつけば、僕たちは見つめ合うことが多くなった。

見慣れた彼女の目。

潤んだそれが、涙を溜《た》めている。

なのに。

衣緒花《いおか》はきゅっと目を細めて、笑った。

「どうして、どうして笑うんだ、衣緒花《いおか》……」

「有葉《あるは》くん、ごめんなさい。私、なにも知らなくて」

「違う、なにも知らなかったのは僕だ！　僕なんだ！」

僕は叫んでいた。

叫ばずにはいられなかった。

「有葉《あるは》くん、私が言ったこと、なんでも聞いてくれましたよね。望むことぜんぶやってくれて、私が願いを叶《かな》えられるよう、支えてくれて。でも、それって……私のこと好きだからじゃなくて……有葉《あるは》くんが、悪魔だったから……そうしてしまう体質だったからなんですよね……」

話しながら、彼女の目からは、涙があふれて。

押し寄せる感情が、僕と彼女の思い出を、瓦礫《がれき》に変えていく。

「そうじゃないよ！　僕は……僕は、衣緒花《いおか》のこと……！」

僕は立ち上がろうとするが、しかしすぐに膝は折れてしまう。ものすごい力で押さえつけられているようだった。全身の骨が折れて、体が千切れてしまいそうなくらい。

それでももう一度、僕は立ち上がる。

立ち上がらなければならない。

「いいんです。わかってます。変だなって、このままじゃいけないんじゃないかって、本当は思ってましたから。その意味では、気づいてたんです。なにかがおかしいって。でも、私は甘えてしまった。有葉《あるは》くんの優しさに。これはその、罰なんです。自分の願いのために、人の人生を奪おうとしたから……」

「違う！　僕は自分で選んだんだ！　衣緒花《いおか》、君のために！」

僕はふらつく足で、衣緒花《いおか》に、一歩近づいた。

もう一歩、そしてさらに一歩。彼女に向かって歩いていく。少しでも気を抜くと、また地面に崩れ落ちそうになる体を、必死で支える。

僕にはやらなければならないことがある。

衣緒花《いおか》を助け出して、こんな馬鹿げたことは終わらせる。

「私、嬉《うれ》しかった。私のこと見てくれて。支えてくれて。助けてくれて。きっかけは、作られたものだったかもしれません。でも、有葉《あるは》くんがそうしてくれたことは、私にとって、一番大事な、絶対に変わらないことなんです。たとえあなたが、人間でなくとも」

姉さんと佐伊《さい》さんが僕を見る目が変わる。姉さんが僕から目線を外さないまま佐伊《さい》さんの背中に触れると、佐伊《さい》さんはタバコを投げ捨て、足で踏んだ。

「だから、怖くないです。夢が叶《かな》わないことも、いいえ、死んでしまうことも。有葉《あるは》くん、あなたがこの世界から消えてしまうことのほうが、ずっと怖い。そのためにできることがあるなら、私はなんだってします」

「そんなこと、僕はしてほしくない！」

僕は衣緒花《いおか》に手を伸ばす。

あと一歩で届く距離。

衣緒花《いおか》は、やっぱり笑っていた。涙を流しながら、それでも笑顔で。

それを美しいと思ってしまう。

僕が守りたいのは、その笑顔だ。

彼女を犠牲にして、生きていなければいけない理由なんてない。

けれど、伸ばした手は、衣緒花《いおか》に届くことはなく。

代わりに佐伊《さい》さんの白衣が、それを阻《はば》んだ。

「羨ましいよ、弟くん。そんなに想《おも》ってくれる人がいるなんて。青春だ——なんて、茶化していられないくらい、ね」

そう言って、悲しそうに笑う。

「佐伊《さい》さん！　どいて！」

「悪いけど、それはできない相談だね」

「なんで……！　佐伊《さい》さんは、いつだって味方してくれたじゃないか！」

「私はね。夜見子《よみこ》の味方なんだ。いつでも。どんなときも。君が衣緒花《いおか》くんの味方であるのと、同じように」

「ぐ……！」

「愛っていうのはさ。そういうものだろう？」

佐伊《さい》さんが肩に手を置くと、僕はその場に膝をつく。

「ひ、ひざまずけ、ガ、ミ、ジ、ン」

ダメだった。

どうしても抗《あらが》えない。体を動かそうとする意志の力が、それを押さえつけようとする支配の力に負けてしまう。

「さ、はじめましょうか」

佐伊《さい》さんは頷《うなず》くと、衣緒花《いおか》の服のボタンを外した。彼女はそっと目を閉じたまま、じっとしている。ポケットから湾曲したはさみを取り出すと、下着の真ん中に刃を入れる。胸がこぼれて、白い肌があらわになる。

僕はその場にひざまずき、それを見ていることしかできなかった。

「姉さん、もうやめよう。こんなこと……」

しかし、答えたのは衣緒花《いおか》だった。

「いいんです、有葉《あるは》くん」

まるで満点のテストを採点する教師のように、姉さんは満足そうな笑みを浮かべた。

そして僕の肩に手を置くと、しゃがんでなにかを手渡した。

それは、ナイフだった。

どこかで見たはずなのに、どこで見たのか思い出せなかった。刀身は両刃で、さまざまな装飾が施され、刀身は公園の鉄棒よりひどく錆《さ》びついている。金属のずっしりと重い感触と、冷たさが伝わってくる。

しかし、僕が触れると、やがてその全体が光りはじめた。徐々に熱を帯び、オレンジ色の輝きが全体を覆うと、錆《さび》はすっかり消《き》え失《う》せ、まばゆく磨き上げられた刀身が姿を現す。さっきまでの分厚く濁った表情は光とともになくなり、向こう側が透けてしまいそうなほど薄いエッジが工場の光を反射していた。握っていると、まるで生きているかのような脈動を感じる。

「さあ。いよいよ時間よ。有葉《あるは》。これであなたの青春は終わる。でも、この先なにがあっても大丈夫。お姉ちゃんが、必ずあなたを守るから。どんな犠牲を払っても」

そして姉さんは、衣緒花《いおか》に命じる。

「さあ、衣緒花《いおか》ちゃん。よろしくね。あとは有葉《あるは》が、あなたを綺麗さっぱり食べてしまえばそれで済むわ」

「はい」

衣緒花《いおか》は短くそう答えた。目の前にひざまずく僕とナイフの刀身を見下ろしながら、決意に満ちた表情で、言った。

「有葉《あるは》くん。私、あなたのことが大好きでした。だから――」

「衣緒花《いおか》！　やめてくれ！　言わないでくれ！　それだけは！」

「――私を殺して、有葉《あるは》くん」

僕は抗《あらが》った。

勝手に動く体を、必死で食い止めようとする。

衣緒花《いおか》を殺さなくちゃ。

その感情が、あとからあとから湧いてきて、僕の背骨を、腕を、手を、脚を、あらゆる部分を突き動かしていく。それはあふれ出《で》そうになる水を必死で塞ぐ作業に似ていた。結局は、無為に終わるところも。

「衣緒花《いおか》、君はこれでいいの？　君は――世界一のモデルになるんじゃなかったの⁉」

彼女の胸に近づいていくナイフを必死で押し留めながら、僕は叫ぶ。

嫌だ。

僕は絶対に、衣緒花《いおか》を殺したりしない。

衣緒花《いおか》を犠牲にして、生き延びても意味がない。

だって、僕には生きる意味がないのだ。

悪魔だから。願いがない。

僕の青春は、はじめから存在していなかった。

どう考えたって、生きるべきなのは衣緒花《いおか》のほうだ。

消えるべきなのは、僕だ。

しかし衣緒花《いおか》は、目を閉じて、そっと返すだけだった。

「いいんです」

「よくない！　なにもよくないよ！」

「私、言いましたよね。有葉《あるは》くんのためなら、夢なんかあきらめてもいいって。私がいなくても、三雨《みう》さんも、ロズィもいます。夜見子《よみこ》さんも、佐伊《さい》さんだって」

「約束したじゃないか。君のこと、ずっと見てるって。僕は、君の願いを叶《かな》えたいんだ！」

彼女はにっこりと微笑《ほほえ》んで、胸を反らした。

獣に自らを獲物として差し出すように。

そして、懇願する。

「有葉《あるは》くん。私が——殺せと言っているのです」

それを聞いた瞬間だった。

まるで糸が切れたように、僕は抗《あらが》う力を失った。

そうだ。

僕は衣緒花《いおか》の願いを叶《かな》えなくちゃいけない。

そして衣緒花《いおか》の願いは、自分を殺すことだ。

なら、殺すべきじゃないか。

簡単な理屈だった。

リンゴが木から落ちるように、星が引かれ合うように、あまりにも単純で、それゆえに覆《くつがえ》しがたい論理。もはやそれは、真実と言ってもいい。

それが本当は、やってはいけないことだと知っている。

だけど、それは川の向こうにある工場の光と同じだった。誰かにとっては意味がある。それはこの世界を維持するために必要だから灯《とも》っている光だ。

しかし、今の僕には作用を及ぼすことはできない。

なんの意味もない。

僕は彼女の髪飾りを見た。あの日、失った星の代わりに、僕があげた石の髪飾り。ヒビが入ったその石から炎が現れて、僕を焼き尽くしてくれるのではないかと期待した。しかしその中に見える小さなトカゲの影は、ただ僕をじっと見つめ返すだけだった。

だとしたら。

衣緒花《いおか》は本心を言っている。

これが衣緒花《いおか》の願いなのだ。

心の底からの。

なら。

僕のやらなくてはならないことは、それを叶《かな》えることだ。

銀色のナイフが、彼女の胸に沈んだ。

切っ先が潜り込み、赤い血が流れる。

「好きだよ、衣緒花《いおか》」

僕は自らの手に、力を込めた。

第9章　迷える羊、岸壁の山羊

「有葉《あるは》ぁっ！」

「カレシ！」

その瞬間だった。

ふたつの叫びが重なって聞こえて、なにかが僕に当たった。

僕は地面に吹き飛ばされ、手の中のナイフは弾《はじ》き飛《と》ばされる。椅子と一緒に衣緒花《いおか》が後ろ向きに倒れる短い悲鳴が聞こえた。

見守っていた佐伊《さい》さんが前に出る。

姉さんが衣緒花《いおか》の椅子を引きずって距離を取ると、金属の脚が地面に削れる、ゴリゴリという音が響く。

ふたりの目は、同じ方をまっすぐに向いている。

その視線の先に立っていたのは。

ギターを背負った三雨《みう》と。

黒い影の犬を従えた、ロズィだった。

「三雨《みう》、ロズィ！　なんでここに⁉」

僕の疑問に、ロズィは得意げに答える。

「当たり前でしょ？　カレシと衣緒花《いおか》が車に乗せられてどっか行っちゃうんだもん。心配になって追いかけたの！　ほら、ロズィそういうの得意でしょ？」

「そんなわけ……」

「なーんてね。本当は、みんなが教えてくれたんだ。ここにいるって」

そう言って目をやった先には、黒い犬が座っていた。いち、に、さん、と目で追って、そこにいるのが3匹だと確認する。

しかし隣に立つ三雨《みう》はそれに疑問を呈することはなく、手を広げて肩をすくめた。

「ロズィちゃんに聞いたときもびっくりしたよ。まさかこんなことになってるなんて……」

「やれやれ。歩いてこられる距離じゃなかったはずだけどね？」

佐伊《さい》さんが眉を上げると、三雨《みう》は自慢げに胸を反らした。

「だーれが歩いてきたって？」

その少し後ろには、見覚えのある原付が停《と》まっていた。よく見ると、僕の隣にヘルメットが転がっている。さっき僕に投げつけたのはこれだったのだろう。

「いやはや、とんだチームプレイだ。感心したいような気もするけど、保健の先生としては二

人乗りは注意したいところだね？」

「それより、なんで佐伊《さい》ちゃん先生と夜見子《よみこ》さんがここにいるの？　これは、なんなの？」

三雨《みう》の問いに、姉さんが答える。

「私たちはね。有葉《あるは》を助けようとしているの」

「そうじゃない！　僕は……衣緒花《いおか》を助けないといけないんだ！」

姉さんはふっと笑うと、床に落ちたナイフを片手で拾い、座らされたままの衣緒花に腕を回した。

「そんな言い方されたらお姉ちゃん悲しいな。ねぇ、衣緒花《いおか》ちゃん？」

姉さんは衣緒花《いおか》に水を向ける。話させるために。説得させるために。

衣緒花《いおか》の胸の真ん中からは、まだ血が流れていた。

彼女が耐えるような顔をしているのは、傷のせいだけではないと思う。それ以上の痛みを、きっと感じているはずだ。

僕が傷つけた。

僕が。

衣緒花《いおか》の目が、まっすぐに僕を見る。

彼女の胸にナイフの刃を沈めた感触が、まだ手に残っていた。ぷつり、と皮膚の繊維を裂く感触。その先にある肉の、柔らかな弾力。

これが。

こんなことが。

衣緒花《いおか》が望んでいることのはずがない。

だって。

「有葉《あるは》くん――！」

衣緒花《いおか》は、泣いているじゃないか。

「衣緒花《いおか》ちゃん……ど、どういうことなの⁉　今、有葉《あるは》はなにをしようとしてたの⁉」

「ねぇ、カレシ。教えて。ロズィどうすればいい？」

うろたえる三雨《みう》の隣で、ロズィはまっすぐ立っていた。黒い犬は、まるで指令を待つ兵士のように、彼女の周りに座っている。

「どうすれば、って……」

「正直、なにがなんだかぜんぜんわかんない。でも、ロズィ、カレシのこと信じる。だってロズィのこと、助けてくれたもん。それだけじゃない。イオカも、ミウも、助けてくれたんだよね。今もそうだって信じてる。だからロズィは――カレシの味方だよ」

「ロズィ……」

僕は息を吸った。冷たい空気が、肺を満たす。

あたりを見渡すと、巨大な工場の光が眩《まぶ》しくて、僕は目を細めた。

そうだ。

どれだけ衣緒花《いおか》が願っていたって、そんなことは関係ない。

僕は衣緒花《いおか》が好きだ。

だから。

「ロズィ、三雨《みう》。衣緒花《いおか》を助けたい。手伝ってくれる？」

それを聞いていた三雨《みう》が、染めた金色の髪をぐしゃぐしゃと両手で掻《か》いた。

「ああもう！　なんでボクにも頼むかな⁉　人の気持ちちょっとは考えてよ！　好きな人が別の女の子を助けるのを手伝わないといけないんだよ⁉」

そして彼女は、背負ったケースから、赤いギターを取り出して、背負うように構えた。

「……でもさ。ここで逃げ出したら――ボクはボクのこと嫌いになる。それはもう、絶対嫌なんだ。だから……あれもこれも、複雑な気持ちもいっさいがっさい全部、ロックってことにしちゃおうか！」

ふたりの姿は、もはやそれまでのものではなかった。

３匹いた犬の１匹が、ロズィの影に溶けていった。同時にロズィの姿はイヌ、いやオオカミのそれへと変わる。残った２匹の犬が、今にも駆け出さんと四肢に力を溜《た》めていた。

三雨《みう》の姿は、ウサギのそれへと変わる。手足は毛皮に覆われ、頭から耳を生やし、脚は力強い太さに膨らんでいく。

それを見て、姉さんは目を細める。

「ふぅん。三雨《みう》ちゃんは13番ベレト、ロズィちゃんは24番ナベリウス、だったわね。悪魔の願いを受け入れて身体《からだ》を明け渡すなんて……ちょっと悪い子がすぎるんじゃないかしら?」

姉さんはそう言いながら、一歩前に踏み出す。

その声には、今まで聞いたことのない怒りが滲《にじ》んでいた。

しかし、そんな姉さんの肩を、佐伊《さい》さんが叩《たた》いた。

「ここは私がやるよ。夜見子《よみこ》には、やらなければならないことがあるだろう」

「佐伊《さい》ちゃん。でもあなた、本当にできる? 教え子の悪魔を願いごと剝がすのは、主義に反するんじゃなくて?」

姉さんの問いに、佐伊《さい》さんは、ふっと笑った。その問いの深刻さに見合わない、軽い笑み。まるでふたりの大学生が、授業のあとどっちの家でお酒を飲むか決めるかのような、親密さと気軽な態度。その気軽さの中にこそ、ふたりの関係の重さがあった。

「できるさ。夜見子《よみこ》。君のためなら」

姉さんは、黙って頷《うなず》き、体を引く。

「まったく、こんなかたちで悪魔祓《ばら》いをすることになるとはね。エクソシスト対悪魔憑《つ》きなんて、今どきホラー映画でも見ない冗談だ」

タバコに火をつけながら、佐伊《さい》さんは肩をすくめた。その眼鏡からまっすぐに伸びる眼差《まなざ》しを、柔らかく溶ける煙が遮る。

「言っておくけど、私も退《ひ》く気はないよ。大人にだって譲れない想《おも》いはあるさ。ときに青春よりも強く激しい、ね」

佐伊《さい》さんは一歩を踏み出し。

そして白衣を脱ぎ捨てる。

「今の私は、君たちの先生じゃない。悪魔を祓《はら》うエクソシストですらない。君たちと同じく友情と恋に生きる——ひとりの女だと思ってくれたまえ」

そして両端の想《おも》いは、激突する。

「行って、カレシ！」

「頼んだよ、有葉《あるは》！」

僕は頷《うなず》くと、衣緒花《いおか》のもとへ走った。

■

「まったく、どうしてうまくいかないのかしら。もっとスムーズに運んで、今頃は儀式は終わっているはずだったんだけどな……」

姉さんは深い溜息《ためいき》をついた。それは本当に、研究がうまくいかない、というくらいの軽さだった。いや、姉さんにとってはそれは同義なのかもしれない。

「姉さん。もうやめよう」

「有葉《あるは》。なんでそんなこと言うの……？」

「僕がいたから、衣緒花《いおか》も三雨《みう》もロズィも、悪魔に憑《つ》かれて、大変な思いをした。それは僕が、無理に生き延びたからだ。僕はあの日死んだ。そのまま死んでいるべきだったんだ。最初から、僕は存在しちゃいけなかった。だって僕は、在原有葉《ありはらあるは》じゃない。その肉を食らっただけの、悪魔なんだから」

「っ！」

姉さんの拳が、僕の頬を殴り飛ばした。

「有葉《あるは》くん！」

衣緒花《いおか》の悲鳴が聞こえる。拘束を解こうともがいて椅子が立てる、ガタガタという音も。

殴られた、という事実を先に理解し、そして痛みはあとからやってきた。口の中が、血の味で満たされる。

「自分を大切にしないとダメよ。私のたったひとりの家族を、そんなふうに言うことは許さない」

「僕にはできない。衣緒花《いおか》の命を、もらうなんて」

「なにを言っているか、自分でわかっているの？　あなたは悪魔なのよ。願いを叶《かな》えようとしているにすぎない。それを愛と錯覚しているだけだわ」

「だとしても……それは、姉さんが決めることじゃない！」

「……ふぅん。そっか」

姉さんは、深い深い溜息《ためいき》をついた。この世の深淵《しんえん》に吹く風があるとしたら、それはきっとこんな音だっただろう。

「仕方がないわね。私の負けよ。もうやめましょう。私らしくなかったわ」

「そうだよ。帰ろう、姉さん。僕は——僕は嬉《うれ》しかったんだ。姉さんが帰ってきてくれて。また一緒に暮らせて。それで、それでいいじゃないか」

「あなたは、衣緒花《いおか》ちゃんのことが好きなのね」

姉さんは、にっこりと笑い、そして続けた。

「確かに私は、この子があなたに恋をする環境を作り、そしてあなたに命を捧《ささ》げられるよう誘導したわ。でもあなたが衣緒花《いおか》ちゃんにここまで入れ込んだのはイレギュラーだった。だって、普通思わないでしょう。人の形を与えたからといって、悪魔が、い、い、い、い、人間を愛してしまうなんて」

ざらり、とした感覚が、口の中に広がる。

違う。

姉さんは。

あきらめてなんかいない。

「だったら、やり直せばいいのよね？」

そう言って、姉さんはナイフを構え直した。

「ダメだ、姉さん！」

考えるより先に、体が動く。

やり直せばいいなんて、そんなはずはなかった。

僕は生きた。

衣緒花《いおか》と出会った。

そして彼女に、恋をした。

もしなにかがひとつでも違っていたら、きっとそうはならなかっただろう。

たとえ間違っていたって、失敗したって、傷つけたって、やり直したりなんかできない。

もし衣緒花《いおか》が死んでしまったら、もう戻ってくることはないんだ。

そう、父さんと母さんが、死んだままであるように。

僕は必死で手を伸ばす。

なのにその手は届くことがない。

「そこにいなさい、有葉《あるは》」

姉さんがそう命じる言葉ひとつで、僕の身体《からだ》は、すべてが支配されてしまう。

僕は立ち上がろうとした。自分のものとは思えない唸《うな》り声が、体の中から聞こえる。奥歯が砕けそうなくらい食いしばって、力を込める。

「僕は！　衣緒花《いおか》の命なんかいらない！　衣緒花《いおか》がいないなら……そんなの、生きていたって意味がないよ！」

そんな僕を殴りつけるように、姉さんは命じる。何度も、何度も。

「地を這いなさい！　平れ伏しなさい！　私の言うことを聞きなさい！　有葉《あるは》！」

立て続けに、重いものを背負わされる感触があった。姉さんが言葉を発するたびに、背中に川岸のテトラポッドが落とされるようだった。衝撃と、質量。

どれだけ負けないように足を踏ん張ってもダメだった。膝は崩れ、地面に打ちつけられる。

姉さんはそんな僕の胸ぐらを摑《つか》んで、叫ぶ。

「どうしてなの⁉　有葉《あるは》、あなたは私の、たったひとりの家族なの！　あなたのために、この目を捧《ささ》げた！　あなたと生きる未来のために、この身を挽《ひ》いた！　なのにどうして自分の命はいらないなんて、そんな自分勝手なことが言えるの⁉　あなたにとって、私は家族じゃないの⁉　お父さんもお母さんもいなくなった世界で、私と生きることは、大切じゃないの⁉」

その歪んだ片方だけの目に浮かぶのが、怒りなのか、悲しみなのか、それとも愛なのか、僕にはわからなかった。

「やめてください、夜見子《よみこ》さん！」

そう叫ぶ衣緒花《いおか》は、泣いていた。

零《こぼ》れる涙は窓ガラスに降る雨のように頬を伝い、彼女の服を濡《ぬ》らす。

願いは裏切られて、破片になり。

心は崩れ落ちて、瓦礫《がれき》になる。

「私、自分で死ねますから！　有葉《あるは》くんを傷つけないで！」

姉さんは衣緒花《いおか》の叫びに振り向くと、ゆらりと立ち上がった。

そして一歩一歩、彼女に近づいていく。

「有葉《あるは》が殺さないとダメなのよ。それができない時点で、あなたは失敗だわ」

「そんな……！」

「ごめんなさいね、衣緒花《いおか》ちゃん。でも大丈夫。有葉《あるは》のことは任せてちょうだい。別の人を見つけて、今度はちゃんと命を引き継がせるから」

そして姉さんの手が動いた。

滑らかな動きで、ナイフが衣緒花《いおか》の首に突き立てられる。

まるで魚を捌《さば》くような、力みもためらいもない手付き。

そう、これがやらなければならないことだというような。

時間が、止まったように感じた。

僕は衣緒花《いおか》を守りたかった。

僕がいない世界。衣緒花《いおか》だけが残る世界。

それが正しい世界のありようなのだ。

……本当に？

硬くざらついたコンクリートに落ちた僕の影は、そう問いかけてくる。

はじめ、僕は衣緒花《いおか》に憧れていた。衣緒花《いおか》の側にいれば、なにかになれたような気がした。

でも、それは太陽のような彼女の熱を、ただ受け取るだけにすぎなかった。

だから僕は、与えたいと思った。

葉に光を当て、土に水を注いだ。それこそが、花が咲くために必要なのだと。

それこそが約束を果たすことなのだと、そう信じて。

けれど、結局それは、衣緒花《いおか》にとっては重荷でしかなかった。

今ならその理由がわかる。

本当の意味で、僕は彼女のことを想《おも》ってはいなかったのだ。

僕はただ、役割を望んでいた。

自分が空っぽであることに、心の底で気づいていたから。

それだけだ。

衣緒花《いおか》のためなら死んでもいい。

僕にはなにもないから。衣緒花《いおか》とは違うから。それが彼女のためだから。

本当にそうだろうか。

僕は無視している。
逃げている。
衣緒花《いおか》の想《おも》いから。
愛されることから。
彼女は、死んでもいいと言ってくれた。
僕のために、命を捧《ささ》げてもいいと思ってくれた。
それを引き受けろ。
僕は何者でもない。あと1年で消えゆく仮初《かりそめ》の幻だ。
だとしても。
衣緒花《いおか》がそうでないと言うのなら。
僕には見えないものを、見つけてくれたのなら。
その気持ちに、期待に、愛に、応えるべきだ。
僕が彼女に与えられる、たったひとつのもの。
それは、残りの1年。
残せるものは、思い出だけ。
それでいい。
それが僕の、青春なのだから。

「ああああああああああああ！」

「なに⁉」

「カレシ！」

「あ……」

「弟くん、君は――」

姉さんが手を止める。

ロズィが振り向く。

三雨《みう》が口を開けて。

佐伊《さい》さんが呟《つぶや》く。

そして。

「有葉《あるは》くん！」

衣緒花《いおか》が僕の名を呼んだ。

「今、行くよ、衣緒花《いおか》……！」

体は依然重かった。両手両足にとんでもない重さの枷《かせ》がはめられているようだった。姉さんの支配から、僕の肉体は抜け出せていない。

けれど、今やそれは、障害ではなかった。

なにかが、僕の体に入り込んだ。

それは感覚ではない。確信だった。そうである、という知識を得たに等しい。

たとえるなら、概念の理解。

そして僕は悟る。

動かない身体《からだ》は、置いていけばいい。

「う、ぐ、ううう！」

僕は背中の筋肉を使って、胴体を引き起こす。地面についたままの腕がついてこない。構わず力任せに引っ張ると、ぴし、という音がした。

皮膚が裂けて、脳の奥まで焼くような激痛が走った。

当然だ。僕は自分の身体《からだ》を、引きちぎろうとしているのだから。

「有葉《あるは》くん⁉　血が出てる！」

「どうして……私の支配は完璧なはずよ。動けるはずが……」

そんなことは関係なかった。

僕はたどり着かなくてはならない。

衣緒花《いおか》のもとへ。

「があああっ！」

皮膚が割れて、肘の関節が折れる。両腕は完全に千切れて、地面に残った。落ちた両腕はすみやかにその形を失い、泥のように溶けた。

そう。僕の肉体は、仮初《かりそめ》のものにすぎない。

だからこの苦痛も、本物じゃない。

衣緒花《いおか》を救えるのなら。

どんな痛みでも、耐えてみせる。

「ふ、ぐ、う、ぐ……」

「やめなさい、有葉《あるは》！」

姉さんの声は、しかしもう、僕を止めることはない。

今度は右脚を引っ張る。ぴったりと縫い留められたように動かないそれを、力任せにねじった。ばきりという音がして、骨が折れる感触がある。そのまま思い切り腿《もも》を上げると、脛《すね》から先がもげた。バランスを崩して、前のめりに倒れそうになる。

体を支えるべき足は、もう泥と化した。

けれど僕の体は地面に伏すことはなかった。

なにかが、失われた僕の足を支えていた。

黒い帯状のものが地面から伸びて、足のような形を作っている。

伝わってくる、地面の感触。

僕はそれを支えに、左足も引きちぎった。

「ぎ……」

その瞬間から、右足と同じように、黒いものが固まって僕の足になる。

僕はこの世の終わりのような痛みと引き換えに。

自由な両足を、手に入れていた。

僕を支えているもの。

僕に力を貸すもの。

それは、影だった。

「なぜ……私に抗《あらが》えば肉体が維持できないはず……まさか……リアルタイムに願いで上書きしているというの？　理論上ありえるとしたら……いえ、そんなことは……」

狼狽《うろた》える姉さんに、僕は一歩を踏み出す。体は依然重い。しかし確かに、僕の意志を反映していた。

「……姉さん。僕は死んでいるべきだった。生き返るべきじゃなかった。なにもかも僕のせいなんだ。衣緒花《いおか》も三雨《みう》もロズィも佐伊《さい》さんも、そして姉さんも、決定的に道を変えてしまった。それは変わらない」

最初はあやふやだった両足の感触は、一歩ずつ進むうちに確かなものになっていた。痛みが少しずつ分散し、体に溶けていくのを感じていた。

「でも、僕はみんなに出会った。そして悪魔を祓《はら》った。衣緒花《いおか》は自分に恥じない生き方をすると決めた。三雨《みう》は覚悟を決めてステージに立った。ロズィはお母さんに向き合った。たとえ僕が悪魔だとしても。最初から間違った命だとしても。僕には青春が、願いがなかったとしても——僕が見てきたみんなの青春は、叶《かな》えようとしてきた願いは、なかったことにはならないんだ」

僕が手を伸ばすとたちまち影が地面から細くたなびいて、失われたはずの手の形を作る。最初は右腕、次に左腕。

四肢を取り戻した僕は、立ちはだかる姉さんに近づく。

「姉さんが生きろと言うから生きるんじゃない。やらなくてはならないことがあるから生きるんだ。僕は見つけたよ、姉さん。僕のやらなくてはならないこと。僕の青春、僕の願い」

やがて僕は気づく。

自分の身体《からだ》が、変わっていることに。

傷が膨らんで傷跡になるように、巻きついた影の下には、新しい肉体が形成されていた。脚の先は巨大な蹄になり、体中にごわごわとした白い毛が生えていた。

傾くたびに揺れる頭に手をやると、硬いものに当たる。

ごつごつしたそれをたどると、それが渦巻いた角であることがわかった。

羊の角。

いや、僕はもう迷える羊ではない。

岩壁を力強く登る、野生のヤギだった。

「まさか……4番ガミジンに対する72番アンドロマリウスの多重憑依《ひょうい》――」

姉さんが、未知のものに怯《おび》える目で、僕を見る。

「――悪魔に悪魔が憑《つ》くなんて！」

僕が姉さんに抗《あらが》うことができた理由。

それは、悪魔が僕に憑《つ》いたからだ。

僕は――悪魔は願いを持つことができない。

他人の願いを叶《かな》えるだけの現象にすぎない。

けれど、僕は人の形を得た。

そして、いろいろな人と出会って、いろいろなことを経験した。

それが僕に、願わせる。

青春を想《おも》わせる。

強く、強く。

悪魔がそれを、聞き遂げるくらいに。

僕の手が姉さんの手を摑《つか》むと、ナイフを落とす。

そして僕は、姉さんを抱きしめた。

「ありがとう、姉さん。もういいんだ。家に帰ろう」

「なにもよくなんてない！　私はあなたを救うために！」

「感謝してる。姉さんが命を繋《つな》いでくれたから、衣緒花《いおか》と、みんなと出会えた」

姉さんは嗚咽《おえつ》を漏らしながら、体を離して、僕を見つめた。

「有葉《あるは》。あなたは、なにを願うの？」

「僕は、衣緒花《いおか》と生きたい」

「あなたに残された時間は、たった1年なのよ⁉　その1年を生きたいなんて……それでいいわけないじゃない！」

「それでもいい。ううん、それがいいんだ」

僕は姉さんから体を離すと、ナイフを拾った。そしてそれで、衣緒花《いおか》の拘束を切る。

「衣緒花《いおか》。お待たせ」

「有葉《あるは》くん！」

まるで解き放たれたように、いやまさに解き放たれて、衣緒花《いおか》は僕に抱きついて、僕はそれを受け止める。それだけの強さを、僕の身体《からだ》は取り戻している。

「有葉《あるは》くん……私、耐えられないです。それなら、やっぱり私が死んだほうが……」

「大丈夫だよ、衣緒花《いおか》」

「なにが、なにが大丈夫だっていうんですか！　有葉《あるは》くんがいなくなったら、私！」

「大丈夫。あと1年あるから」

「たった1年でしょう⁉」

「僕がいなくなってもいいように、準備をしなくちゃ。ゴミを捨てられるようにしよう。朝起きられるようにしよう。料理だって教えるよ。一緒にやろう。1年あれば十分だ。君なら、ひとりでも夢を叶《かな》えられる。そうだろう、衣緒花《いおか》」

「有葉《あるは》くん……！」

彼女は泣いていた。夏の夕暮れに降る雨のように。冬の山に流れる川のように。あとからあとから涙はあふれて、彼女の頬を濡《ぬ》らしていった。やがてそれは胸の傷に固まりつつあった血と合流し、ピンク色になって彼女の肌を流れていった。

「有葉《あるは》！」

「カレシ！」

三雨《みう》とロズィが駆けつけて、僕はふたりの顔を見て頷《うなず》く。

ウサギとオオカミは、すっかり元に戻っていた。

代わりに僕が悪魔の姿になるとは、運命とはまったく奇妙なものだ。

ふたりは僕の姿に少し驚いた素振りを見せたが、それだけだった。

経験者というのは心強いものだ。

「やれやれ。それが君の青春というわけか」

そして続いた佐伊《さい》さんが、呆《あき》れたような、けれどどこか清々《すがすが》しいような顔で僕を見た。

「うん」

佐伊《さい》さんはなにも言わず笑顔を作ると、ポケットから棒つきのキャンディーを取り出し、包装を解いて、口にくわえた。

「……わかったわ。有葉《あるは》。あなたは本当に、衣緒花《いおか》ちゃんのことが、好きになったのね」

地面に膝をついてうなだれたまま、姉さんはそう言った。僕ははっきりと頷く。

「そう。お姉ちゃん、知らなかったな。有葉《あるは》、あなた、成長してたのね……」

「……姉さん？」

「間違っていたとしても、なかったことにはならない。有葉《あるは》、あなたそう言ったわね。なら、お姉ちゃんには、お姉ちゃんの責任があるわ」

そう言って、姉さんは顔を上げた。

そこに浮かべられた、満足そうな笑顔。

それに気づいたときには、もう遅かった。

「姉さん？」

僕の片手には、まだナイフが握られていた。

姉さんがその手を取ると。

ナイフが輝きを取り戻す。

「ね、姉さん！」

慌てて手を引いたときには、もう遅かった。

ナイフが地面に落ちると、それはもとの錆《さび》の固まりに戻る。

そして。

姉さんの腹が、赤く染まっていた。

とめどなくあふれてくる血は服を汚し、染《し》み込んだその量を保てなくなると、下に流れていく。

倒れた姉さんに、僕はすがる。

穴が開いた腹を塞ごうと、手を当てる。

「……これでいいの。有葉《あるは》が本当に自分の大事なものを選んだっていうのなら、応援してあげなくちゃ。だって私、たったひとりの家族で、有葉《あるは》の、お姉ちゃんなんだから……」

「いいわけない！　なにも、姉さんが……」

「私の残りの命を捧《ささ》げれば、あなたは生きられる。私と一緒じゃなくたって、あなたは生きていけるものね」

「無理だよ！　姉さん！　僕には姉さんが必要なんだ！　だって、家族じゃないか！」

「そんなことないわ。3年。あなたはひとりで生きて、私の知らないものを、たくさん見つけたじゃない。大丈夫よ」

姉さんの赤い血は、暗い地面に丸く広がっていく。

そして、僕は気づく。

その血が、動いていることに。

「やめて……やめてよ……！」

意志を持つように、その血は波打つ。振動を受けているかのように、複雑な波紋が表面に形作られる。

やがてそれは姉さんの下から、僕のほうへと移動してくる。

這《は》い上《あ》がったその赤い血は、ヤギとなった僕の身体《からだ》を覆い。

そして徐々に、肉体を人間のものに変えていく。

僕はそれを、払おうとした。でも無駄だった。僕の意志にかかわらず、それは僕を覆い、流れ込んでくる。

姉さんの命。

それは今、僕の命になろうとしていた。

「有葉《あるは》。衣緒花《いおか》ちゃんを――あなたの出会った人すべてを、大切にね」

僕にはなにもできなかった。どうすればいいかもわからなかった。

ただ姉さんの身体《からだ》が、温度を失っていくのを、僕が姉さんを殺すのを、見ているだけだった。

「まったく、夜見子《よみこ》はいつもそうなんだから」

「佐伊《さい》さん……？」

そう言いながら、佐伊《さい》さんは姉さんの隣に屈《かが》み込んだ。

焦《あせ》るでもなく、戸惑うでもなく、穏やかな顔で、姉さんを見つめている。

「佐伊《さい》ちゃん。ごめんね、巻き込んで……私……」

「いいんだよ。私たち、親友じゃないか」

「そんなこと……」

「そして親友はね。なんでも分かち合うものだ」

佐伊《さい》さんは、そう言って落ちたナイフを拾う。

そして止める間もなく、輝くその刃で、自分の腕を切った。

「……っ！」

痛みに顔を歪《ゆが》めた佐伊《さい》さんの腕から、血が流れ。

それは姉さんの傷口に、流れ込んでいく。

「佐伊《さい》さん、なにを……なにをしているの!?」

「言っただろう。分かち合っているのさ。弟くん。夜見子《よみこ》がその命を賭《と》して君を救うというのなら、私は夜見子《よみこ》を救う。それだけのことだよ」

「そんな……そんなことしなくたって、僕は！」

口の中から飴《あめ》を転がす音をさせながら、佐伊《さい》さんは笑った。

「いつも言っているだろう、君たち青少年の健康な成長が、私の願いなのさ」

それだけ言うと、佐伊《さい》さんの目が、ゆっくりと閉じられて。

姉さんの上に、折り重なるように倒れる。

ふたりの手が重なって。

佐伊《さい》さんの指が、姉さんの掌を握った。

そしてその光景は、急速にぼやけて形を失っていく。

「有葉《あるは》くん！」

「衣緒花《いおか》……」

彼女に抱きとめられながら、遠のく意識の中で。

僕は遠くを染める朝焼けを見ていた。

第10章　アオハルデビル

AOHAL DEVIL 3

「ほら、もう朝ですよ。起きてください」

鳥のさえずりのように澄んだ声が、僕を目覚めさせる。

カーテンを開く音とともに光が差して、あまりの眩《まぶ》しさに目を細める。

「う、まだ眠い……時間早くない？」

「今日は朝、佐伊《さい》先生のところに寄るんでしょう？」

「あ、そうだった」

ベッドの上で伸びをすると、逆光に照らされた、彼女のシルエットが浮かび上がる。

24時間365日、いつ見ても完璧な姿。何度見ても、見慣れることのない新鮮な美しさ。

「おはようございます、有葉《あるは》くん」

「おはよう、衣緒花《いおか》」

朝の光に照らされて、彼女の髪飾りが、歪《いびつ》に光った。

あのときひび割れた石は、元に戻ることはなかった。けれど彼女は、それをずっとつけ続けていた。どうにかしたいとは思いながらも、よく見なければわからないし、新しいものを買うのもなんだか違う気がして、僕はそれを見守り続けている。

彼女はすでにあらかた身支度を終えているようだった。キッチンに入ると、香ばしい香りとジーという小さな音が聞こえて、トーストを焼いているのだなと悟る。正面にあつらえられた透明な窓から中を覗《のぞ》くと、二枚分が焼かれていた。

「さて、と」

僕はプラスチックのしゃもじを軽く濡《ぬ》らしてタイマーで炊きあがっている炊飯器の米を混ぜた。それを弁当箱によそって冷ましておく。その間に冷蔵庫から作り置きのおかずをいくつか取り出す。

「鮭《さけ》と梅、どっちがいい？」

「んー、今日は梅にします」

「わかった」

おかずを詰め、言われた通りのふりかけをさらさらとごはんの上にかける。

蓋を閉じて小さなバッグに入れたところで、チン、というベルの音がした。衣緒花《いおか》がやってきて皿を二枚出すと、その上にトーストを一枚ずつ移動させた。上には四角いチーズが乗っている。衣緒花《いおか》は冷蔵庫からサラダボウルを取り出すと、そこにはルッコラとトマトが入っていた。塩を振ってオリーブオイルをかけると、ダイニングのほうに持っていく。僕は焼きあがったトーストの載った皿を両手に持って、それに続いた。テーブルの上に置かれたフォークの隣にその皿を置くと、衣緒花《いおか》が向かいに座った。

「いただきます」

僕たちは声を揃《そろ》えて、朝食を食べはじめる。

衣緒花《いおか》は皿の位置を少し動かしてから写真を撮ると、スマートフォンをテーブルに置いて、なにやらスケジュールを確認している。

「行儀悪いなあ」

「いいんです。私がシェフですので、私がルールです」

「テーブルマナーはもっと上位のルールだと思うけど」

サクサクとチーズトーストをかじり、その音と一緒に小さなパンくずを皿の上に落としながら、衣緒花《いおか》は口に手を当てて話す。

「世界一のモデルになるべく奮闘するこの私が？　忙しい朝の時間を縫って有葉《あるは》くんのぶんも朝食を作り？　食べながらスケジュールを確認するのが普遍的な罪だと？　有葉《あるは》くんはそう言いたいわけですね？」

「ありがとうございますごめんなさい、ぜひ続けてください」

「よろしい」

にっこり笑ってふんと鼻を鳴らすと、皿の上のパンくずがいくつか僕のほうに飛んでくる。

やれやれ、と思いながら、僕はそれを拾って自分の皿の上に載せた。

トーストを焼いただけ、と言えばそうだが、衣緒花《いおか》にとっては大きな進歩である。

食べ終わると僕たちは食器をいったんキッチンに下げる。衣緒花《いおか》の準備に遠慮しながら顔を洗ったり歯を磨いたりすると、あとは制服に着替えれば家から出られる状態になる。僕の準備など、その程度のものだ。

「もう出られます？」

「うん。お弁当忘れてるよ」

「いつもありがとう有葉《あるは》くん」

「こちらこそ」

そんなやり取りを交わしながらそれぞれが靴を履く。ゴミ袋を持って手が塞がった衣緒花《いおか》のために、僕は玄関のドアを開ける。

よく晴れた朝の光に目を細めながら、僕たちは同時に鍵を閉める。ふたつあるロックのうち、上を衣緒花《いおか》が、下を僕が閉めることにいつの間にか決まっていた。

僕がエレベーターのボタンを押すと衣緒花《いおか》が先に乗り、1階のランプを灯《とも》す。

ゴミを出してからエントランスを出ると、顔を見合わせて、声を揃《そろ》える。

「いってきます！」

そうして僕たちは、別々の方向に歩き出す。

こうして、僕と衣緒花《いおか》の新しい一日ははじまるのだった。

■

あれから3ヵ月。僕は衣緒花《いおか》の家に住んでいる。

あんなことがあったために直後の彼女はたいそう不安がり、嫌ですもう絶対離れません24時間ずっと一緒にいてくださいと泣きじゃくっていた。そんな衣緒花《いおか》をなだめるかたちで寝泊まりすることになったのだが、いったんはじめてみると圧倒的に楽であり、結局そのまま居着いてしまった。持ち物といえば電子機器と文房具とわずかな服くらいなので、まるで最初からそうだったかのような自然な移行だった。今となっては、わざわざ夜は家に帰って朝は早起きしてまた来るなんて、まったく非合理的であると思う。そのつまらない意地にも意味はあったような気もするし、なかったような気もする。

「おはよう弟くん。衣緒花《いおか》くんは元気かい？」

僕は学校に着くと、保健室に行く。ガラガラと引き戸を開けると、相変わらず佐伊《さい》さんはゲームに向かっていた。口からは棒付きキャンディの柄が飛び出ている。

「佐伊《さい》さん、今日はどう？」

「ダメだよもう3戦負け越してる。でも私のせいじゃない、人が使い込んでる武器をナーフした運営の責任だよ。あんな強武器を弱体化するなんて、断固抗議したいね」

「違うの使えばいいんじゃないの？」

「まったく君はわかってないな、人と武器の関係はそういうものじゃ……あああ！」

その悲鳴が4戦負け越しを意味することはすぐにわかったが、仕事中に学校の回線で対戦している人を慰める義理は僕にはない。バレて怒られればいいと思う。

「さて、お待たせ弟くん。課題図書は読んできたかい？」

その言葉を受けて、僕は背負った鞄《かばん》から分厚い本を取り出す。

「読んだけど、ちょっとよくわからないことがあって。悪魔が第五元素から構成されてるのはわかったけど、どういう理屈で言葉がコントロールする上で大事になるの？」

「ううん、それはかなりいい質問だね。なかなか優秀だ。答えの20%はこの本に書いてあったように、悪魔の概念性ということが前提になる。概念である以上、それは認識の再プログラミングによって再定義が可能であるというわけだ」

「残りの80%は？」

「次の課題図書の中」

そう言って、佐伊《さい》さんは別の本を僕に手渡す。

「僕がそこに疑問を持つって、わかってたってこと？」

「ある程度はね。私はいつも100点満点の先生なのさ」

「仕事サボってやってるゲームは4戦負け越しだけどね」

「ひどいなあ、弟くんは。仮にも命の恩人だよ？　私に優しくしてくれないと、夜見子《よみこ》に言いつけるよ」

「そっちこそ、あんまり好き勝手やってると、姉さんに叱ってもらうから」

「う、それは怖いな。ぜひ佐伊《さい》ちゃんはいい子にしていると言っておいてくれたまえ」

「ちゃんと教えてくれてるとは言っておく」

「そうだろうそうだろう、なんといっても事実だからね」

「どうかな……」

僕はあれから、佐伊《さい》さんにエクソシストの手解《てほど》きを受けていた。

失われつつあった僕の命を延長したのは、姉さんの命と、佐伊《さい》さんの命だった。結果だけ見れば、姉さんと佐伊《さい》さんが残り寿命を半分ずつ出し合って、僕ひとりぶんをまかなってくれたことになる。ふたりが生きるはずだった人生を、僕はこれから生きていく。そうなったからには、やらなければならないことがない、なんて言ってはいられなかった。

だからといって急に夢や希望が見つかるわけではなかったけれど、ひとまず頭に浮かんだのは、エクソシストとしてもっとちゃんとした知識と技術を身に着けることだった。

これからも、僕の周りに悪魔は現れるかもしれない。そうなったとき、身の回りの人を助けられる力が、今僕の欲しいものだった。

そう考えたとき、僕はやっぱり佐伊《さい》さんに教わりたかった。

姉さんは不満そうな顔をしていたけれど、最後は許してくれた。弟が自分と違うやり方を身に着けようというのだからその気持ちもわかったけれど、僕は悪魔が、支配されるべき悪だとは思えなかった。

自分が悪魔だからではない。

僕の青春は、いつも悪魔が連れてきた。それが危険なものであったことは間違いないけれど、同時にかけがえのないものをたくさんもたらしてくれたことも事実だった。

姉さんは再び旅に出てしまった。と言っても、3ヵ月に1回くらいは帰ってくるし、連絡もちゃんとついている。今度は自分と佐伊《さい》さんの命を取り戻す方法を探すそうだ。ちゃんと、犠牲を出さないやり方で。

姉さんは確かに、衣緒花《いおか》を殺そうとした。でもそれは僕のためだったし、最終的には自分の命を使ってそれを贖《あがな》ったのだ。感謝と負い目を感じこそすれ、それを糾弾するつもりは僕にはなかった。今はまだ無理だけれど、もう少しちゃんとしたエクソシストになれたら、姉さんと一緒にその方法を探したいと思う。

「あ、おはよ有葉《あるは》！」

「おはよう、三雨《みう》」

「昨日すっごい盛り上がってたね」

「ん、なにが？」

「なにがって、イナーシャがいよいよメジャーでフルアルバム出すって発表あったじゃん！」

「へぇ」

「温度差！　界隈《かいわい》とリアルの温度差で風邪ひく！」

「いや、それはちょっと楽しみ、かも」

「でしょ⁉」

教室で三雨《みう》とそんな他愛もない話をしていると、いつものようにロズィが乱入してくる。

「おっはよー、ミウ！　ねぇねぇ、聞いて聞いて！」

「おはよ、ロズィちゃん。どうしたの？」

「このあいだのテストね、ロズィ40点だったの！」

「おお、がんばったね！」

「うん！　ありがとミウ！　あのね、最近ね、問題になに書いてあるのかわかるようになってきた！　でもね、ここがよくわかんなくて」

「どれどれ。あ、ここはね——」

言葉だけ聞くとレベルの低いやり取りにも思われるのだが、ロズィの事情を考えればそれは目覚ましい成果だった。意外と日本語に苦労しているということを三雨《みう》が発見して以来こうして勉強を見ているのだが、目に見えてテストの点数が上がっていくのは痛快ですらあった。

ふたりが使っている色違いのボールペンは、あの日おみやげにロズィが買ってきたものだ。

あとから姉さんと佐伊《さい》さんに聞いたところによると、悪魔ナベリウスは本来ケルベロスのようにみっつの頭を持つ犬の姿と結びついた悪魔らしいのだが、ロズィに憑《つ》いた時点で三分割されていたらしい。再統合するのもなにが起きるのかわからないリスクがあり、なによりロズィが自分ひとりで悪魔が封じられたアイテムを持つのを怖がったため、ロズィ、三雨《みう》、衣緒《いお》花がそれぞれ1本ずつ持つことになったのだった。よく見ると花の合間に黒い犬が走り回っているのだが、知らなければ葉の欠片《かけら》にしか見えないだろう。

「で、ウミセンパイとは最近どうなってるの？」

「そ、それは、えっと、今度出かける約束してて……」

「おお、がんばったね！」

「真似《まね》しないでよロズィちゃん！　楽器屋さんにバンドスコア見に行くだけだから！」

「えー、でもー、マミィとダディもそんな感じで朝まで帰ってこないことあったよ？」

「うちもあるけど、いや、そういうんじゃないから！」

「まあいいんじゃない？　こういうのは先に押したほうが負けだしね？」

「そ、そうなの⁉」

こうして話題によっては教える側と教えられる側が反転する、というわけだった。いや、ロズィの指導が果たして的確なものなのか僕には判断しようもないが、経験はともかくその野生の嗅覚はなかなかのものだと思うし、三雨《みう》の相談相手としては嚙《か》み合《あ》っているのだろう。

ロズィは結局清水《しみず》さんの世話で寮に入り、それなりにうまくやっているらしい。同じ寮の子とも仲良くなったと言っていた。清水《しみず》さんが真剣に面倒を見てくれることは間違いないし、あのパーティでの様子を見ていたらしい手塚照汰《てづかてるた》がロズィに興味を持っているという話も聞いた。モデルとしてその雷名を塔乃《とうの》さんとフィリップさんが住むイギリスにまで轟かせることができるかは、これからに期待といったところだろう。

そうやって学校の授業を終えると、僕は勉強してから家に帰るようになった。

図書館か、日によってはカフェに行く。勉強といっても、特別なものではない。英語国語数学理科社会というごく普通の入試科目だ。今まですいぶんぼーっと過ごしてきてしまったので、急ピッチで進めないと間に合わなさそうだった。目標が明確であれば、おのずとギャップも明らかになってしまうものだ。

僕は、城北大学《じょうほくだいがく》に進学したいと思っている。

日本でも最高クラスの入試難易度と言われるその大学を受ける理由ははっきりしている。

姉さんと佐伊《さい》さんが卒業した大学であり、悪魔ゼミを擁する大学だからだ。

もっと、悪魔について知りたい。

悪魔に憑《つ》かれた人の青春に、向き合いたい。

それが今の僕の、素直な気持ちだった。

その目標が現実的なものなのかどうかは、まだなんとも言えない。言えないが、一度数学だけ三雨《みう》の点数を上回ったことがあり、なにそれ悪魔パワー⁉ と失礼なことを言われたのを覚えている。

あのとき僕に憑《つ》いた悪魔アンドロマリウスは、封じるまでもなくすぐにいなくなってしまった。だから多分悪魔パワーではないと思うのだが、もしかしたら僕が強く願うのなら、また悪魔に憑《つ》かれることもあるのかもしれない。

実のところ、僕はそうなることを、少しだけ期待している。

悪魔に憑《つ》かれるということは、青春を生きていることの、証《あかし》だから。

そんな強い願いを抱けるくらい、まずは努力しなくてはならない。

衣緒花《いおか》や、三雨《みう》や、ロズィと同じように。

■

「おかえりなさい、有葉《あるは》くん」

勉強を終えて家に帰ると、衣緒花《いおか》がすでに帰ってきていた。スケジュールを見る限り、ここ数日は仕事が早めに終わるようになっていた。まったくの休みというわけではないが、そういう日はときどきある。きっと清水《しみず》さんがうまくスケジュールを調整して、過密にならないようにしてくれているのだろうと僕は想像する。

「ただいま、衣緒花《いおか》」

衣緒花《いおか》の家にただいま、というのは、なんだか慣れない感じがして、いつもくすぐったい。

彼女はしばらくもじもじとしてたが、やがて意を決したように切り出した。

「ねぇ有葉《あるは》くん、私、あれやりたいです、あれ」

「あれ、ってなんだっけ？」

僕が首をかしげていると、衣緒花《いおか》は咳払《せきばら》いをする。

「おかえりなさい、有葉《あるは》くん」

「それはさっきやったよね……？」

「今からその続きです！」

「はあ」

「ごはんにします？　お風呂《ふろ》にします？　それとも、私にします？」

僕は少し考える。

家の中の匂いからすると、夕食は衣緒花《いおか》が作ったカレーだろう。ようやくカレーが作れるようになったことは素晴らしいのだが、まだカレーしか作れないので、衣緒花《いおか》の帰りが早い日はずっとカレーが続くことになる。さすがにちょっと飽きているので、もう少しお腹《なか》が空いてからにしたいというのが本音だった。

お風呂《ふろ》にするという選択肢もあったが、換気扇の音がしていないので、お風呂《ふろ》と言いつつも準備されているわけではなく、僕がこれからバスタブを洗ってお湯をはることになる。それを考えるとあまり意味がない選択肢だ。

というわけで、僕はみっつ目を選ぶ。

「衣緒花《いおか》にしよう」

「命拾いしましたね？」

どうやら他ふたつには地雷が埋まっていたらしい。まあなんとなくそんな気もしていた。さすがにこれくらい密に関わるようになると、ティラノサウルスの生態もそこそこわかってくるものである。

衣緒花《いおか》が鼻歌を歌いながらベッドに飛び込んで横になったので、僕もその隣に寝る。

彼女は体をぴったりと僕に寄り添わせると、スマートフォンを取り出して、幾つかの写真を僕に見せた。

「これがナラテルの新しいコンセプトのやつで、今度はラプンツェルをイメージしていて、花のモチーフの髪飾りとワンピースで柄が揃《そろ》うようになってて――」

そう説明しながら、僕は衣緒花《いおか》とふたりで、衣緒花を見つめる。

彼女は自分の仕事を、こうして僕に報告するようになった。

隣にいる人の写真を一緒に眺めるというのは、なんだか不思議な体験だ。

以前は衣緒花《いおか》の活動を見ていると、どこか焦燥感のようなものを感じることがあった。彼女には出会ったときからずっと憧れてきた。しかし同時にその巨大な重力に振り回されてもきた。

でも、今はとても穏やかな気持ちで、純粋に彼女の活躍に、そしてそこに秘められた具体的な工夫に、耳を傾けることができる。

きっとそれは、僕が自分の軸を、存在の質量を、重力を得たからだ。

今の僕には、やらなければならないことがある。

エクソシストになり、大学に進むという目的がある。

その意味で、今の僕は、ようやく衣緒花《いおか》と対等になれた気がしていた。

たとえそれが、ずいぶん遅いスタートだったとしても。

「ねぇ、有葉《あるは》くん。聞いてます？」

「あ、ちょっとぼーっとしてた」

「他の女のこと考えてたりしませんよね？」

「してないよ」

「本当に？」

「むしろ衣緒花《いおか》のこと考えてた」

「なら目の前の私の話を聞いてください」

「ごめん」

「もう。……じゃ、次は、有葉くんをしましょうか」

意外なところからよっつ目の選択肢が出現して、僕は困惑する。

しかし少し考えて、その意味するところに思い至る。

「ああ、ええと、佐伊《さい》さんにね、課題図書を指定してもらって、それを読んでるんだ。正直難しくてよくわからないところもあるけど、いろいろ読んでいたら少しずつわかるようになってきて――」

そこまで言ったところで、急に言葉は奪われる。

あたたかい感触で、唇が塞がれていた。

「……衣緒花《いおか》？」

たっぷりとした時間のあとで、僕は驚いて彼女の顔を見ると。

「有葉くんをするって言ったじゃないですか」

そう言って、いたずらっぽい笑みを向ける。

「え、ず、ずるくない⁉」

「文句を言うのは、どの口ですかね？」

「いや待ってよ、そんな急に」

「急じゃありません。私の中では」

「でも、僕は――」

──人間じゃないんだ、と言おうとした。

けれどもう一度衣緒花《いおか》の唇が触れて、続きは湿った息に変わる。

それから彼女は微笑《ほほえ》むと、石の髪飾りを外して充電しているスマートフォンの横に置いた。

「外しちゃうの？」

「割れていますから。それにもう、必要ありません」

衣緒花《いおか》はそう言うと、胸元をはだけた。僕の手を取って、そこに導く。

指先がなぞる滑らかな感触のなかに、ほんの少しだけ、違和感を感じる部分がある。

近くで目をこらさないと見えないくらい、薄い傷跡。

それは僕がつけたものだ。

「衣緒花《いおか》。ごめん。きっと、そのうち消えるから──」

「違うんです。どっちかというと、嬉《うれ》しいっていうか、消えないでほしいっていうか」

「どうして？」

「これが、目印の代わり。有葉《あるは》くんとの、繫《つな》がりだから」

もう一度その傷跡に触れると、衣緒花《いおか》の細い指が、僕の手を包んだ。

人間とか、悪魔とか、そんなことは、きっとどうだっていいのだと思う。

少なくとも今の僕は、切実な願いを抱えている。

星に向かって手を伸ばすのは、地上から見上げているからだ。

希望に向かって走ることは、やがてつまずき倒れる絶望とセットでしかありえない。

願いを抱く限り、僕はこれからも飢え、渇き、そして裏切られていくのだろう。

でもその過程を経ることでしか手に入れられないものがあると、僕は知っている。

悪魔であろうと、人間であろうと、1年であろうと、80年であろうと、僕たちはいつかは必ず、ここにいられなくなる。

そして僕はその時間を、彼女と生きることを選んだ。

僕たちにできるのは、知らされてすらいないその残り時間を、懸命に生きることだけだ。

願って、届かなくて、間違って、傷つけ合って。そんな僕たちに、悪魔は憑《つ》く。

子供であるとか、大人であるとか、そんなことは関係ない。

誰であっても、願いを持つ限り、青春を生きている。

そして。

僕の青春は、まだはじまったばかりだ。

そうして僕たちは、互いに手を伸ばし。

複雑な軌道を描いたふたつの星が、ひとつに重なった。


—AOHAL DEVIL 3—

UNPURIFIED

Aohal Devil
3

[CAST]

ROSAMOND "ROSY" ROLAND ROKUGOU

ARUHA ARIHARA

IOKA ITO

MIU MIYAMURA

SHIITO SHIMIZU

SAI SAITOU

TOUNO ROKUGOU

YOMIKO ARIHARA

[STAFF]

TEXT : AKIYA IKEDA

ILLUSTRATION : YUFOU

DESIGN : KAORU MIYAZAKI(KM GRAPH)

EDIT : TOSHIAKI MORI(KADOKAWA)

SPECIAL THANKS :

KAZUKI HORIUCHI
KENJI ARAKI
KANAMI CHIBA
KOU NIGATSU
TAKUMA SAKAI
KOTEI KOBAYASHI
REKKA RIKUDOU
MIYUKI SAKABA

TOMOMI IKEDA

[LIST OF BOOKS BY AKIYA IKEDA]

OVERWRITE:THE GHOST OF BRISTOL
OVERWRITE2:THE FIRE OF CHRISTMAS WARS
OVERWRITE3:LONDON INVASION
AOHAL DEVIL
AOHAL DEVIL2
AOHAL DEVIL3

◉池田明季哉著作リスト

「オーバーライト　――ブリストルのゴースト」（電撃文庫）
「オーバーライト2　――クリスマス・ウォーズの炎」（同）
「オーバーライト3　――ロンドン・インベイジョン」（同）
「アオハルデビル」（同）
「アオハルデビル2」（同）
「アオハルデビル3」（同）

本書に対するご意見、ご感想をお寄せください。

ファンレターあて先
〒102-8177　東京都千代田区富士見2-13-3
電撃文庫編集部
「池田明季哉先生」係
「ゆーFOU先生」係

本書は書き下ろしです。

電撃文庫

アオハルデビル3

池田明季哉《いけだあきや》

◇◇◇

2023年6月10日　初版発行

発行者　山下直久
発行　株式会社KADOKAWA
〒102-8177　東京都千代田区富士見2-13-3
0570-002-301（ナビダイヤル）
装丁者　荻窪裕司（META＋MANIERA）
印刷　株式会社暁印刷
製本　株式会社暁印刷

ISBN978-4-04-915074-2　C0193　Printed in Japan

電撃文庫　https://dengekibunko.jp/

電撃文庫創刊に際して

文庫は、我が国にとどまらず、世界の書籍の流れのなかで〝小さな巨人〟としての地位を築いてきた。古今東西の名著を、廉価で手に入りやすい形で提供してきたからこそ、人は文庫を自分の師として、また青春の想い出として、語りついできたのである。

その源を、文化的にはドイツのレクラム文庫に求めるにせよ、規模の上でイギリスのペンギンブックスに求めるにせよ、いま文庫は知識人の層の多様化に従って、ますますその意義を大きくしていると言ってよい。

文庫出版の意味するものは、激動の現代のみならず将来にわたって、大きくなることはあっても、小さくなることはないだろう。

「電撃文庫」は、そのように多様化した対象に応え、歴史に耐えうる作品を収録するのはもちろん、新しい世紀を迎えるにあたって、既成の枠をこえる新鮮で強烈なアイ・オープナーたりたい。

その特異さ故に、この存在は、かつて文庫がはじめて出版世界に登場したときと、同じ戸惑いを読書人に与えるかもしれない。

しかし、〈Changing Times,Changing Publishing〉時代は変わって、出版も変わる。時を重ねるなかで、精神の糧として、心の一隅を占めるものとして、次なる文化の担い手の若者たちに確かな評価を得られると信じて、ここに「電撃文庫」を出版する。

1993年6月10日
角川歴彦